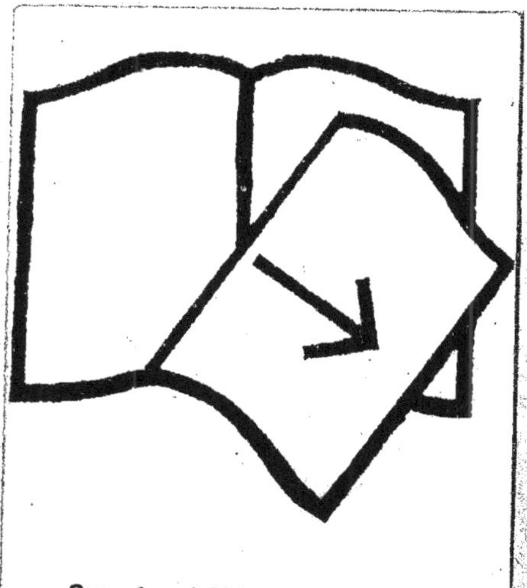

Couverture inférieure manquante

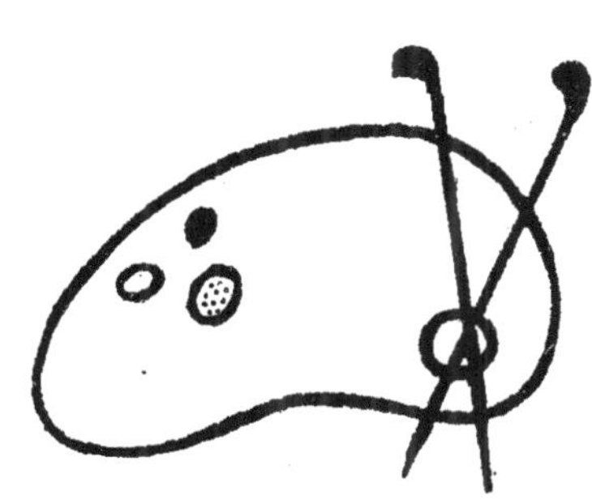

Début d'une série de documents
en couleur

— 20 CENTIMES — PAR SEMAINE

YVES ROBERT

LA

JOLIE BLANCHISSEUSE

ROMAN PARISIEN INÉDIT

Tome II

NOUVELLE LIBRAIRIE A. SOIRAT

146, RUE MONTMARTRE, 146

PARIS

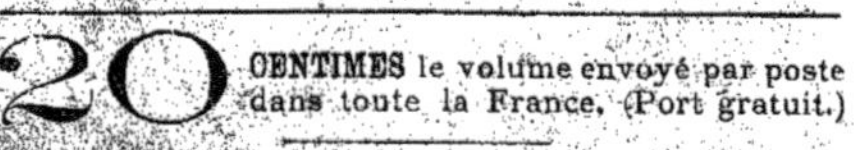

20 CENTIMES le volume envoyé par poste dans toute la France. (Port gratuit.)

ABONNEMENTS : 1 an, 10 fr. — 6 mois, 5 fr. 15. — 3 mois, 2 fr. 60

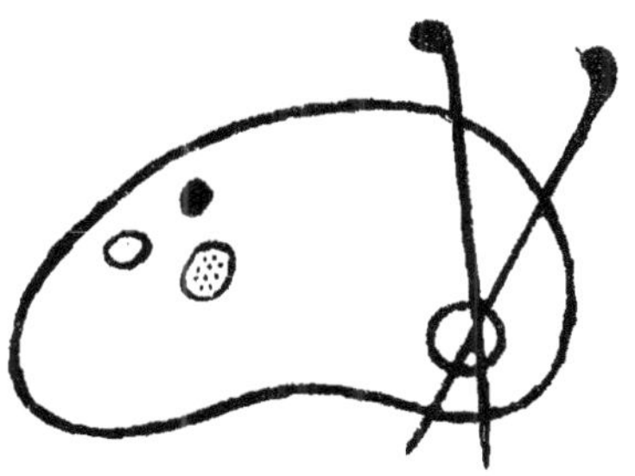

Fin d'une série de documents
en couleur

LA JOLIE BLANCHISSEUSE

PAR

YVES ROBERT

TOME SECOND

PARIS

N. BLANPAIN, DIRECTEUR

LA JOLIE BLANCHISSEUSE

— Mon amie seulement, rectifia Raoul qui ne mentait jamais. Au reste, à part ce détail, tu me parais absolument au courant de l'affaire. Mais nous en recauserons lorsque tu seras libre.

— Non ! mon client a le temps d'attendre. Mais quel rapport mon pardessus et mon en-cas ont-ils...

— Avec cette affaire ?... Je vais te le dire en deux mots.

Tout le monde croit ce garçon coupable. Je suis presque convaincu de son innocence et j'ai à faire pour la démontrer, mille démarches. Je n'ai pas une heure à perdre, l'affaire venant dans quelques jours.

— Ainsi tu crois ce garçon faussement accusé ?

— Il me l'a juré.

— Et tu l'as cru ? Mais c'est toi, l'innocent. Ils disent tous cela, jusque sous le

couperet. Ah ! que tu es naïf ! Laisse donc
là tes démarches qui n'aboutiront pas, crois-
moi. J'ai plus d'expérience que toi du métier.

— Non, dit Raoul, je me dois à mon client,
et il s'agit de la vie d'un homme. Je dois
faire tous mes efforts pour la sauver.

— Mais quelles preuves a t-il de ce qu'il
avance ?

— Aucune. Il faut justement que j'en
trouve. Allons, au revoir. Je reviendrai demain te mettre au courant de ce que j'aurai
appris.

— Je t'en serai très obligé, riposta Maurice d'un ton ironique. Bonne chance, en
tous cas. Et je paye un fin dîner arrosé de
Moët et parfumé de truffes si tu parviens
à faire accorder le prix Monthyon à ton
client.

Et saluant avec une gravité affectée son
jeune collègue, il laissa retomber la portière
de tapisserie et retourna dans son cabinet,
à sa consultation.

— Ce Maurice est bien amusant entre
hommes, pensait Raoul en endossant le
mac-farlane de son ami, mais il a une façon
de parler des choses les plus sérieuses qui
vous fait froid au cœur. Quel scepticisme !
Quelle froide raillerie ! On dirait presque
qu'il serait heureux de voir condamner

Mercier, pour pouvoir me plaisanter plus à
son aise ensuite.

En descendant de chez Maurice, Raoul
s'orienta. Il n'avait pas de temps à perdre
s'il voulait être de retour avant la nuit.

Il prit le parti de descendre à la Seine,
de s'embarquer jusqu'au Louvre sur un ba-
teau-mouche et, là, de prendre l'hirondelle
qui sort de Paris, jusqu'au Bas-Meudon.

Au bout d'une heure de trajet, il mettait
le pied sur la berge verdoyante qui fait de
ce pays un petit paradis terrestre.

Il avait longuement réfléchi pendant ce
temps à l'affaire Mercier, sérieusement pesé
le pour et le contre, et peu à peu, malgré
lui, l'enthousiasme dont il était enflammé
en sortant de Mazas se refroidissait.

Les paroles de Maurice lui revenaient à
l'esprit comme une obsession : « Ils disent
tous qu'ils ne sont pas coupables. »

Néanmoins il s'était trop avancé pour reculer. Il résolut de poursuivre ses démarches.

Il entra donc dans le restaurant qu'il re-
connut facilement à sa terrasse bordée d'une
balustrade en bois ouvragé et demanda à
parler au patron pour une affaire importante.

— Je vais l'avertir, monsieur, dit le garçon auquel il s'adressa. Veuillez vous asseoir.

En effet, quelques instants après, il rame-
nait le patron qui, tout joyeux de voir un
client lui tomber du ciel par un temps pareil, se confondit en salutations.

— Monsieur, lui dit Raoul, je viens goûter
à votre cuisine qui, m'a-t-on assuré, est
excellente. Mais auparavant je voudrais obtenir de vous quelques renseignements.

L'œil du restaurateur devint méfiant. Il
crut avoir affaire à un agent de la sûreté !

Or il faut savoir que ce brave homme,
ancien sous-officier, avait longtemps pos-
tulé, à sa sortie du régiment, une place de
sergent de ville qu'il s'était vu refuser,
tandis que plusieurs de ses anciens collè-
gues, des chenapans finis, avaient été pris
tout de suite. De cet échec datait chez lui
une haine irraisonnée de tout ce qui tenait
de loin ou de près à la Préfecture.

Il répondit avec un certain embarras :

— Mais, monsieur peut-il me dire quels
sont ces renseignements,... et à quel titre...

— Je vous les demande ? C'est très facile.
Je suis avocat. Voici ma carte. Et je suis
chargé de défendre un malheureux garçon,
qui me dit avoir passé chez vous une partie
de son temps, le soir où le crime fut commis. Je viens vérifier s'il ne m'a pas menti.
Voilà tout.

— En ce cas, monsieur, dit le restaura-

teur qui reprit son air aimable, je suis tou
à vous.

— Vous rappelez-vous avoir servi à dîner,
dans un cabinet, il y a un mois à peu près,
à un jeune homme roux, très rouge de teint
et âgé de vingt-cinq ans à peu près ?

— Ma foi, monsieur, j'ai tant de clients,
et (soit dit sans vanterie) ma maison est tellement fréquentée, que je ne peux guère
me rappeler comme ça toutes les physiono-
mies.

— Je vais vous aider. Ce jeune homme
était vêtu d'une blouse, comme un boucher
— qu'il est d'ailleurs. Il vous a payé son
dîner avec une pièce d'or étrangère que
vous ne vouliez pas tout d'abord lui changer.

— Ah ! j'y suis !... Un grand gaillard,
n'est-ce pas, et qui a l'air un peu toqué ?

— Un peu toqué ?... Je ne sache pas.

— Si, si. Il a raconté un tas d'histoires au
garçon : il lui a parlé d'une femme qui ne
voulait pas de lui, qui voulait d'un autre,
est-ce que je sais, moi ?...

— C'est précisément cela...

— La preuve qu'il n'a pas bien sa tête à
lui, c'est qu'il a oublié une photographie
et son mouchoir sur la table en s'en allant.
Puisque vous le connaissez, je vais vous les
remettre.

Et le patron courant à son comptoir y prit un petit paquet et le remit au jeune avocat qui le serra dans sa poche.

— Avait-il l'air de menacer quand il racontait à votre garçon ses peines de cœur ? Disait-il qu'il se vengerait ?

— Ma foi, monsieur, je vais appeler Jacques, il vous le dira mieux que moi !... Eh ! Jacques, arrive donc, ici...

Le garçon s'approcha.

— Monsieur demande, dit le patron, si le client qui t'a conté ses amours, il y a un mois... Tu sais bien, ce grand *rouquin*, au cabinet n° 6.... ajouta-t-il, voyant que le garçon paraissait n'avoir que des souvenirs vagues et confus...

— Ah ! oui, j'y suis, le grand jeune homme du 6.

— Eh bien, monsieur, qui est avocat, veut savoir s'il avait l'air de vouloir se venger de la femme qui le repoussait.

— Oh ! non, monsieur. Au contraire, il embrassait sa photographie et il pleurait comme un enfant, même il l'a oubliée sur la table avec son mouchoir et je les ai mis de côté...

— Je les ai en poche, interrompit Raoul. Ainsi, il n'a pas proféré de menaces contre cette jeune fille et contre son rival préféré?

Il n'a pas dit, par exemple, qu'il lui ferait son affaire?

— Rien de tout cela, monsieur. Il était très triste et désespéré, voilà tout. Il parlait de se jeter à l'eau. Je lui ai conseillé de ne pas faire cette bêtise-là.

— Pourriez-vous répéter devant la justice ce que vous venez de me dire là? demanda Raoul.

— Quand vous le voudrez. Je vous dis la vérité. Je peux la redire partout.

— C'est bien, je vous remercie. Je ne vous retiens pas plus longtemps.

Le garçon se retira. Et Raoul, après avoir commandé au restaurateur ce qu'il désirait pour son dîner, sortit sur l'assurance de celui-ci que tout serait prês dans une demi-heure.

La pluie avait cessé. Raoul résolut, pour employer son temps, de pousser jusqu'à Sèvres en suivant la berge. Mais les délicieux détails de ce paysage enchanteur n'étaient point ce qui le préoccupait. La tête baissée, il réfléchissait aux paroles du garçon et la confiance dans l'innocence de Théodore Mercier lui revenait.

En mettant, sans y prendre garde, la main dans la poche de son mac-farlane, il sentit le petit paquet que lui avait remis le restaurateur et il eut l'idée de l'ouvrir. C'était bien la photographie de la gentille Rosette qu'il contenait et un mouchoir marqué T. M., en rouge.

— C'est lui qui a dîné au cabinet n° 6, se dit l'avocat, allons, il ne m'a pas menti. De la persévérance et je découvrirai la vérité.

CHAPITRE IV

Comme il l'avait promis à son client, Raoul, le lendemain dans la matinée, revint à Mazas.

La veille, après son excursion du Bas-Meudon, il avait tenté, mais en vain, de parler au commissaire qui avait ordonné la mise à la disposition de la justice du garçon boucher.

Car les paroles de ce dernier l'avaient vivement frappé :

— Il a eu l'air étonné que je dise ainsi mon nom tout de suite.

Il y avait là, en effet, une sorte de preuve morale qui innocentait Théodore.

Un coupable, quel qu'il soit, se trouble plus ou moins, lorsqu'il est arrêté ainsi à l'improviste. Il balbutie, il cherche des faux-fuyants et, avant toute chose, il tente de dissimuler son identité.

— Si ce magistrat est loyal et sincère, il m'aidera à éclairer le jury, pensait le jeune avocat. Et dans tous les cas, il faut que je m'éclaire moi-même par tous les moyens en mon pouvoir.

Malheureusement le commissaire de police en question était absent de son bureau pour une constatation de flagrant délit d'adultère.

Il n'y avait là que le secrétaire à qui Raoul jugea inopportun de confier le motif qui l'amenait.

— Je verrai demain M. le commissaire, répondit-il à toutes ses questions.

Avant de se rendre à la maison de détention, Raoul passa au Palais de Justice et se fit communiquer de nouveau le dossier Mercier qui se réduisait à fort peu de chose, Théodore ayant obstinément refusé de répondre au juge d'instruction.

Néanmoins Raoul comprit que le *clou* de l'accusation était le mouchoir que l'on avait trouvé sur les marches de l'escalier et il résolut dès lors de pousser une charge à fond de ce côté, afin de se faire expliquer par son client, comment cette écrasante pièce à conviction avait pu tomber entre les mains de la justice, lors de la première enquête du commissaire de police du quartier de la Sorbonne.

Le jeune homme trouva Théodore bien plus confiant et plus communicatif qu'à sa première visite.

La certitude qu'il n'était plus abandonné

de tous, que quelqu'un s'occupait de recher-
cher les preuves de son innocence, avait
réconforté cette nature abrupte, mais non
foncièrement mauvaise et il se sentait plein
d'une immense reconnaissance pour son
avocat qui, le premier, avait cru à sa parole.

— Eh bien, Mercier, lui dit Raoul en en-
trant, sitôt que le gardien se fut retiré, cela
marche. J'ai vu le restaurateur. Il s'est immédiatement rappelé votre visite. Son témoignage et celui de son garçon surtout
peuvent nous être très utiles. Je vais les
faire assigner aujourd'hui même.

Et vous, continua-t-il, avez-vous de votre
côté, trouvé dans vos souvenirs quelque
chose qui puisse être invoqué en notre fa-
veur ?

— Rien jusqu'ici, monsieur, repartit
Théodore, mais maintenant j'ai confiance
et, si vous avez quelques questions à me
poser, je ferai de mon mieux pour vous répondre le plus clairement possible.

— Je suis enchanté de ces bonnes dispo-
sitions. Et tenez, j'ai justement à vous inter-
roger sur un point dont j'ai négligé de vous
parler hier et qui reste pour moi obscur et
absolument inexplicable.

Vous savez que la justice n'a contre vous
aucune preuve matérielle résultant d'un témoignage positif. L'opinion générale des

témoins à charge est que vous êtes l'auteur
du crime...

Théodore poussa un profond soupir.

— ... Mais, continua Raoul, personne, en
somme, ne peut dire : Je l'ai vu ; personne
ne peut se vanter de vous avoir reconnu.
Jusqu'ici nous n'avons contre nous que
des présomptions qui sont insuffisantes
pour vous faire condamner. Restent les pièces à conviction. Un poignard en acier ciselé...

— Que j'ai vu sur la table du juge pour
la première fois de ma vie, interrompit Théodore.

— Ce poignard, l'accusation est impuissante à prouver qu'il vous appartient. C'est
une arme de luxe, de fabrication anglaise
et telle qu'on n'en trouve guère à Paris que
chez deux ou trois armuriers spéciaux. Or,
ces armuriers appelés par l'instruction, ont
affirmé que ce stylet ne sortait pas de leur
magasin... Avez-vous habité l'Angleterre,
Mercier ?

— Jamais, monsieur. Je peux prouver par
des témoins que je n'ai pas quitté Paris depuis l'âge de cinq ans.

— Fort bien. Cette arme est de fabrication
récente et elle n'a pu être achetée qu'à Lon-
dres. Ce n'est pas en tous cas par vous. Voilà
déjà un point facile à établir.

Raoul fit une pause, puis il reprit :

— Mais ce n'est pas là ce qui vous charge le plus. On a trouvé, vous le savez, sur le lieu du crime un mouchoir vous appartenant. Avez-vous vu ce mouchoir ?

-- Oui, monsieur.

— L'avez-vous reconnu ?

— Hélas ! oui. Il est bien à moi.

— Comment expliquez-vous ce fait ?

— Je ne l'explique pas. Je le constate. Et c'est là justement ce à quoi je réfléchis depuis un mois sans trouver le mot de l'énigme. Je n'y comprends rien moi-même.

— Mais alors comment voulez-vous que je puisse, moi, y comprendre quelque chose ? s'écria Raoul d'un ton un peu vif. Vous voyez que je suis disposé à tout faire pour vous venir en aide, mais, que diable! il faut aussi que vous y mettiez du vôtre. Vous reconnaissez que ce mouchoir vous appartient. Vous ne prétendez pas cependant qu'il s'est mis là tout seul ?

— Je suis pourtant bien sûr que ce n'est pas moi qui l'y ai mis. Que voulez-vous que je vous dise ? Je ne puis que vous répéter : Je n'y comprends rien.

— Ce mouchoir, reprit Raoul, qui s'attachait obstinément à son idée, vous l'avez reconnu. Il est donc semblable à celui-ci ? ajouta-t-il en tirant de la poche de son pardessus, celui que le restaurateur, on s'en souvient, lui avait remis la veille avec le portrait de Rosette.

— Qui vous l'a donné▪ s'écria Théodore en s'en emparant.

— Le restaurateur du Bas-Meudon, ainsi qu'une photographie. Vous aviez oublié ces deux objets sur la table du cabinet n° 6, où vous avez dîné le 23 mars.

— ... Ma foi, quant à la photographie, continua Raoul en se palpant, je crois que je l'ai laissée dans la poche de mon macfarlane. Elle est chez moi, je vous l'apporterai demain...

Mais Raoul s'arrêta en observant la physionomie du garçon boucher. Celui-ci ne l'écoutait pas.

Il regardait fixement le mouchoir que lui avait remis son avocat et paraissait comme absorbé dans la recherche d'un problème dont son cerveau ne pouvait venir à bout de trouver la solution.

Tout à coup, il s'écria :

— Je savais bien, monsieur, je vous le disais bien !

— Quoi ! qu'y a-t-il? demanda Raoul étonné.

— Ce qu'il y a? Mais il y a, monsieur, que je n'en possédais que six et que cela ferait sept.

Raoul crut qu'il avait perdu la raison.

— De quoi parlez-vous?

— Je parle de ce mouchoir. Suivez bien mon raisonnement. Je possède six mouchoirs pareils à celui-ci. Six, vous entendez ? pas un de plus. Or on en a trouvé un dans l'escalier. Le juge m'a dit qu'on l'avait comparé à cinq autres que l'on avait trouvés chez moi. Vous me comprenez : cinq autres. Cinq et un, ça fait six. Voou venez m'en apporter encore un. Cela ferait sept. Et je vous dis que je n'en ai jamais eu que six. Comment expliquez-vous ça ?

— Il est certain que cela est extraordinaire. Quelqu'un peut-il prouver que vous ne possédiez que ces six mouchoirs ?

— Ma blanchisseuse à qui je les ai donné tous les six à laver lorsqu'ils étaient neufs, les livres de caisse du magasin où je les ai achetés, il y a quatre mois, le jour de Noël.

— Vous les avez achetés tout marqués à vos initiales, comme celui-ci, T. M. : Théodore Mercier ?

— Oui... Tiens, s'écria le boucher, qui avait machinalement étalé la marque du mouchoir, c'est singulier, celui-ci est marqué M. T.

— Vous le regardez peut-être du mauvais côté ?

— Non, voyez : voici le mouchoir à l'endroit : M. T.

— C'est en effet singulier...

— Mais ce mouchoir n'est pas à moi, s'écria Théodore, qui, l'ayant approché de son visage pour mieux observer les lettres, se recula tout à coup. Sentez-le !

Et il mit le mouchoir sous le nez de Raoul. Il était fortement parfumé à l'oppoponax.

— A qui voulez-vous qu'il soit ?

— Je l'ignore, mais jamais je n'ai employé de parfums.

— A mon tour, je n'y comprends rien... Ah ! j'y suis, fit-il en se frappant le front, c'est à Maurice. Je me serai trompé de poche.

— Qui ça, Maurice ? demanda Théodore.

— Un de mes amis, M. Maurice de Traincy, à qui j'ai emprunté hier son mac-farlane à cause du mauvais temps. Il y avait sans doute oublié ce mouchoir. Le vôtre est resté avec le portrait dans l'autre poche.

— Mais, dans tous les cas, cela fait toujours sept mouchoirs avec celui qui est chez vous.

— Evidemment, murmura Raoul perplexe. Tenez, ne nous épuisons pas plus longtemps à raisonner dans le vide. Donnez-moi l'adresse du magasin où vous avez acheté les six mouchoirs. Je vais aller demander à voir leur livre de vente quotidienne, puis j'irai voir le juge d'instruction.

En quittant son client, Raoul se rendit à

la mercerie indiquée par celui-ci. Il acquit
la conviction que Théodore ne l'avait pas
trompé.

Quand il rentra à son hôtel, il trouva
dans le mac-farlane de Maurice le portrait
de Rose et le mouchoir du garçon boucher.

Raoul avait deviné juste. Le mouchoir parfumé appartenait à Maurice, mais à part
les initiales interverties, ils étaient tous
deux si exactement semblables que Raoul
comprit combien la confusion était facile.

Après avoir déjeuné rapidement, il se rendit chez le juge d'instruction.

— Monsieur, lui dit-il, je suis le défenseur de Théodore Mercier. Or, un tel mystère me semble planer sur toute cette affaire, que je ne crois pas sortir des limites que
m'impose ma situation en venant vous faire
part de mes doutes pour vous demander
conseil et réclamer de votre justice un supplément d'instruction.

— Vous avez donc fait parler l'accusé ?
demanda le juge. Je vous en félicite, monsieur. Pour moi, je n'ai pu en tirer un mot.
Dites-lui donc que son système est déplo-
rable et qu'un aveu pur et simple lui con-
cilierait beaucoup mieux l'indulgence des
juges.

— Mais s'il n'avait pas d'aveu à faire ?...
Le juge eut un sourire d'incrédulité.

— Enfin, monsieur, dit-il, que désirez-vous ?

— Je désirerais d'abord examiner les pièces à conviction annexées au dossier.

— Rien n'est plus facile. Je les ai dans mon cabinet. Mais vous arrivez à temps. J'allais y faire apposer les scellés, jugeant l'instruction terminée, et il vous eût été impossible de les revoir avant le jour de l'audience. Veuillez vous asseoir et m'attendre un instant.

Raoul obtempéra à cette invitation.

— Voici, monsieur, dit le juge en lui apportant une boîte qu'il tira d'un placard, le poignard qui a servi à commettre le meurtre et voici le mouchoir appartenant à l'accusé, qu'on a trouvé sur la dernière marche de l'escalier. Ce paquet en contient cinq autres pareils qu'on a trouvés dans sa commode.

Raoul n'accorda aucune attention au poignard ciselé, mais il s'empara avidement du mouchoir dont il regarda fiévreusement les initiales.

— Il est innocent ! s'écria-t-il. J'en étais sûr.

Mais, en relevant la tête, ses yeux tombèrent sur l'instrument du crime :

— Ah ! mon Dieu ! fit-il en pâlissant.

Le juge d'instruction, vivement intrigué, le regarda.

Raoul était blanc comme un linge.

Tout à coup le juge le vit saisir le mouchoir et y plonger ses narines.

— Sentez, monsieur, fit-il d'une voix entrecoupée, sentez ce mouchoir.

Et comme le juge hésitait, sa voix devint impérative :

— Mais sentez donc! Il y va de la tête d'un innocent !

— Ce mouchoir sent en effet une faible odeur de toilette, dit le juge après l'avoir fleuré.

— D'oppoponax, monsieur, dit Raoul, qui brusquement prit son chapeau et sortit, sans même saluer le magistrat.

— Ou ce jeune homme est fou, ou il est bien mal élevé, pensa le juge en refermant son placard.

CHAPITRE V

Raoul ne fit qu'un bond dans une voiture qui passait.

— Boulevard Voltaire, 180, cria-t-il au cocher. Il y a un bon pourboire.

Le cocher, alléché, enveloppa d'un grand coup de fouet sa maigre rosse qui prit le grand trot pour la première fois de sa vie.

Dans le fiacre, Raoul reprit peu à peu son sang-froid que la vue du poignard ciselé lui avait fait perdre chez le juge d'instruction.

Toutefois son agitation ne pouvait se calmer ainsi d'un seul coup.

Il répétait machinalement tout le long de la route :

— C'est incroyable!... C'est monstrueux!

Quand il s'arrêta devant la maison où habitait Maurice de Traincy, il dit au cocher ;

— Quelle heure avez vous?

— Deux heures et quart, monsieur.

— Très bien. Je vous paierai votre course à part, et je vous prends à l'heure à partir de ce moment. Allez m'attendre au coin de la place du Trône.

— M. de Traincy y est-il? demanda-t-il en passant à la concierge.

— Non, monsieur Estibal, fit celle-ci, mais il ne tardera pas à rentrer.

— Je monte, en ce cas.

Avec sa double clé il ouvrit la porte de l'appartement, et se dirigea tout droit vers la chambre à coucher de l'avocat. La porte en était fermée à double tour.

— Voyons si l'on peut passer par le cabinet, murmura Raoul, qui pensait tout haut.

Maurice avait sans doute oublié de fermer la porte qui donnait sur le cabinet de consultations, lequel communiquait avec la chambre à coucher par une baie fermée d'une simple portière, faite d'un tapis d'Orient.

En une seconde Raoul eut traversé cette pièce et soulevé la portière.

Il jeta rapidement un coup d'œil sur le mur.

— C'est lui, s'écria-t-il.

Une magnifique panoplie, garnie d'armes de toutes sortes, s'étalait sur un fond de peluche grenat. Disposés en cercle, les revolvers, les pistolets, les couteaux de chasse

formaient comme les rayons d'une roue,
dont le moyeu était figuré par un gantelet
de fer moyen âge de toute beauté.

Mais un des rayons de la roue man-
quait.

— C'est là qu'était le poignard, exclama
le jeune avocat.

— En effet, c'est là qu'il était, fit une
voix à côté de lui.

Raoul, stupéfait, regarda du côté d'où
partait la voix, et il aperçut Maurice, un
peu pâle, mais qui souriait en lui tendant
la main.

Le jeune homme ne prit pas cette main
qui lui était offerte.

Il balbutia, embarrassé :

— La concierge m'avait dit...

— Que j'étais sorti. Elle ne se trompait
qu'à moitié. Je suis en effet sorti, pour porter chez mon armurier ce poignard qui
s'était émoussé en tombant, mais je suis
rentré et, tu vois, je lisais en t'attendant.

Raoul fut un peu décontenancé par ces
paroles si calmes et si nettes. Il se remit
aussitôt.

— Tu m'attendais? demanda-t-il.

— Pour te demander si tu voulais plai-
der avec moi dans un procès au civil fort
important et dont l'avoué m'a communiqué
les pièces ce matin. Acceptes-tu ?

Raoul ne répondit pas.

Sa pensée était autre part.

L'autre continua sans paraître s'apercevoir de ce silence.

— C'est une affaire superbe, non seulement parce que ton travail te sera largement rétribué, mais aussi parce qu'elle peut te mettre en vue et t'en procurer d'autres. Voilà pourquoi, en bon frère aîné, j'ai pensé à toi.

J'ai même pensé à toi d'une autre façon encore, ajouta l'avocat, en sortant de sa redingote un mignon écrin en cuir de Russie; une nouveauté que mon armurier va lancer ces jours-ci. Vois, de ce côté, des londrès, c'est un porte-cigares; et de celui-ci, continua-t-il, en ouvrant un second compartiment, un joli revolver lull-dog. Tout cela à ton intention.

Et ce n'est pas de la camelotte. Le ressort est excellent.

Pour appuyer son dire, l'avocat, pressa du doigt la gâchette plusieurs fois de suite et le chien, retombant sur le barillet, rendit un petit claquement métallique, très clair...

Pan ! un nuage enveloppa le poing de Maurice et le chapeau haut de forme de Raoul roula sur le tapis, traversé d'une balle.

L'avocat se précipita pour le ramasser.

— L'imbécile ! s'écria-t-il, voilà pourtant

commont arrivent les accidents. Cet armurier a oublié une cartouche dans l'arme.

Raoul n'avait pas bougé.

Pas un muscle de son visage n'avait
tressailli.

— Ma foi, mon cher, fit Maurice, en es-
sayant de sourire, je te dois un chapeau
neuf. Le tien est troué de part en part. Tu
en seras quitte pour prendre une voiture
jusqu'au magasin de mon chapelier...

— J'ai un fiacre en bas...,

Au même instant le timbre de la porte
d'entrée carillonna.

C'était la concierge qui montait, effrayée
par le bruit de la détonation.

Elle craignait qu'il ne fût arrivé un malheur à l'ami de son locataire et fut très
surprise de trouver Maurice chez lui.

— Ce n'est rien, madame Dupré, dit
Raoul en souriant. Un simple accident qui
heureusement n'a pas eu de suite fâ-
cheuse.

Mon cher, continua-t-il, en tendant
cette fois la main à Maurice, je suis forcé
de te quitter un peu plus tôt, puisqu'il me
faut un chapeau neuf. Au revoir.

— Mais le procès dont je t'ai parlé...

— Nous en causerons plus tard. J'ai des
courses pressées.

Et il descendit, accompagné de la concierge rassurée.

Tant qu'il fut sur le boulevard Voltaire, il conserva l'air froid et calme. Mais aussitôt qu'il eut rejoint son fiacre et qu'il se fut jeté sur les coussins, il laissa libre cours à ses émotions.

— Le misérable ! murmura-t-il. Il a voulu m'assassiner. Et quel sang-froid ! quel aplomb ! Je vais tout d'abord me faire conduire chez son armurier. Il n'a, j'en suis sûr, pas plus donné ce poignard à réparer qu'il n'a acheté ce revolver ce matin.

— Avenue de l'Opéra, dit-il au cocher.

La voiture partit.

— Je n'avais que d'affreux soupçons. J'ai maintenant une certitude. Cet homme est capable de tout. Mais, lorsque j'aurai les preuves matérielles de son crime... Non, fit-il en réfléchissant, pour l'honneur de l'Ordre des avocats. Je ne peux... Pourtant, puis-je laisser condamner un innocent à sa place ?

La voiture était arrivée place du Château-d'Eau.

Raoul se ravisa soudain et se penchant à la portière :

— Menez-moi d'abord au quartier Latin.

— Où vous voudrez, bourgeois, répliqua l'automédon que l'espérance du fort pourboire promis rendait docile comme un agneau.

— Il est évident, s'était dit Raoul, que si je vais immédiatement chez l'armurier, Maurice connaîtra, dès demain, cette visite.

Peut-être même est-il, dès maintenant, sur ma piste. Il ne faut pas qu'il se doute de mes soupçons. J'ai été admirable de sang-froid, tout à l'heure, en feignant de croire que ce revolver etait parti par hasard. Soyons prudent.

Et il avait donné contre-ordre à son cocher.

En arrivant au Panthéon, Raoul quitta sa voiture, paya le cocher et monta à sa chambre garnie pour prendre un nouveau chapeau.

Puis il descendit à grandes enjambées la rue des Feuillantines.

Rose Graindor, la petite Reine du lavoir, était maintenant seule dans la boutique que nous avons vue si animée, il y a un mois à peine.

Les ouvrières, le lendemain de l'événement fatal qui avait coûté la raison à la pauvre bonne blanchisseuse, avaient fermé les volets, mis la clé sous la porte, et s'étaient dispersées, chacune de son côté, pour trouver de l'ouvrage ailleurs.

Lorsque Rosette avait été complètement remise de la secousse terrible qui l'avait frappée, elle avait pris l'habitude de venir

passer là ses journées, le petit logement de
la rue Mouffetard lui rappelant de trop
cruels souvenirs.

Elle n'était sortie que pour aller chez le
juge d'instruction lorsque celui-ci l'avait
fait mander au Palais de Justice, ou pour
se rendre à la Salpêtrière, savoir des nou-
velles de sa chère folle.

Elle était bien pâlie et bien amaigrie,
cette pauvre Rosette, déjà frêle comme un
oiseau. Le malheur avait creusé sur ses
joues deux sillons bistrés, vallées de
larmes.

C'est que l'adversité est une rude maîtresse d'école et qu'elle assouplit rapidement ceux qu'elle se charge d'instruire.

A la vue de Raoul, cependant, un sourire éclaira cette physionomie désolée et
elle vint se jeter dans ses bras en sanglo-
tant.

— Qu'as-tu, ma pauvre aimée? fit-il af-
fectueusement.

— Oh! que je suis malheureuse... C'est
la punition.

Depuis le jour du crime elle se nourris-
sait de cette idée superstitieuse que tous
ces maux n'auraient pas fondu sur la maison si elle n'avait point caché à sa mère
adoptive son amour pour Raoul.

— Oui, répéta-t-elle, c'est le châtiment.

— Tu es folle, lui dit-il... Mais causons sérieusement, car la chose en vaut la peine.

— Qu'y a-t-il donc ? demanda-t-elle, en essuyant ses yeux.

— Il y a d'abord que je suis le défenseur de Théodore.

— Oh ! mon Dieu ! s'écria-t-elle avec horreur.

— Il y a ensuite que j'ai acquis la conviction intime que ce garçon n'est pas coupable.

— Allons donc. Comment, toi aussi, tu m'abandonnes ?

— Je ne t'abandonne nullement ; mais j'ai un devoir à remplir, et je ne dois obéir à aucune autre considération. Il y a, enfin, que je veux savoir si tu connais M. Maurice de Traincy.

— Je l'ai vu chez toi ce matin où...

Et les joues de Rosette se couvrirent d'un pudique incarnat.

— Et depuis, tu ne l'as jamais revu ?

— Jamais !... Ah ! si fait, le jour même, en sortant de chez toi, il m'a suivie ; il m'a pris le bras. Je comptais même t'en parler.

Et Rosette narra de point en point à son amant le détail de leur rencontre.

— L'infâme ! s'écria le jeune avocat qui

avait écouté en silence. Il n'y a plus de doutes à conserver. C'est lui qui a tout fait.

Et sans hésiter, il raconta à Rosette les charges qui accusaient M. Maurice de Traincy, en même temps qu'elles lavaient Théodore de l'accusation portée contre lui.

— Et que vas-tu faire? demanda-t-elle quand elle eut terminé son récit.

— Le démasquer... sans pitié.

— Il faut le faire guillotiner.

— Non!... j'ai réfléchi. Il a encore son père et sa mère. Deux vieillards. Un tel coup les tuerait. Il ne faut pas que les innocents payent pour les coupables. Mais j'ai mon plan... Il n'échappera pas au châtiment.

Le soir même Raoul écrivait à Maurice, le billet suivant :

Mon cher ami,

Un pari perdu cet après-midi m'oblige à recourir à toi. J'ai besoin de ton logement après-demain soir pour une petite fête de garçons. Tu en es, cela va sans dire. Fais préparer le local par la mère Dupré, et reçois mes excuses pour le dérangement que cela va te causer.

Ton dévoué,

RAOUL.

Puis il rédigeait la convocation suivante

qu'il expédiait à dix de ses amis, tous avocats :

Mon cher maître,

Vous êtes instamment prié d'honorer de votre présence la soirée intime qui aura lieu le deux mai prochain chez M. Raoul Estibal, 180, boulevard Voltaire.

N. B. Il n'y aura pas de dames.

CHAPITRE VI

UNE AUDIENCE INCIDENTÉE

Nous sommes au 3 mai, jour du procès Mercier.

Les journaux n'ayant point battu la grosse caisse autour de cette affaire qu'ils tenaient pour insignifiante et absolument banale, le public qui ne voit guère que par les yeux de la presse, n'avait pas jugé à propos de se déranger.

Presque personne dans la partie du prétoire réservée au vulgaire.

Quelques habitués à peine, avides d'émotions fortes, mais rares, clairsemés, à cause des beaux jours qui revenaient et appelaient les désœuvrés aux flâneries en plein air.

Aux bancs réservés quelques jeunes avocats, venus là surtout pour « bêcher » le petit confrère qui allait faire ses débuts, pour souligner au besoin d'un murmure moqueur les « gaffes » qu'il ne pouvait manquer de commettre, en un mot pour faire œuvre de bonne confraternité.

Quelques étudiants en droit, anciens camarades d'école de « maître Raoul », comme ils disaient ironiquement, et c'était tout.

Les témoins, des femmes pour la plupart, la Perret en tête, attendaient qu'on les fit passer dans le petit local qui leur est réservé, papotant, caquetant à l'envi, avec des petites mines d'effroi chaque fois qu'était prononcé le nom du garçon boucher.

Debout, accoudé sur le rebord de la tribune affectée aux journalistes, Machinot, le boucher, cité aussi en témoignage, causait à mi-voix avec notre connaissance, Oscar Cendrinettes, qui avait tenu à suivre jusqu'au bout cette affaire dont, le premier, son journal avait parlé.

La grande salle des assises, vue ainsi, aux trois quarts vide, paraissait presque sinistre, dans sa nudité, malgré la grande bande de soleil printanier qui tombait des fenêtres de gauche, inondant de lumière le banc où l'accusé allait tout à l'heure, prendre place.

L'audience était fixée pour onze heures sur les assignations. Il était près de midi et quelques uns commençaient à perdre patience quand un bruit strident, assez semblable à celui que rendrait un gros timbre fêlé, coupa court aux conversations, tandis qu'une voix d'eunuque, celle de l'huissier, annonçait sacramentellement :

— La cour ! chapeau bas, messieurs !

En même temps quatre personnages à face glabre, vêtus de rouge comme les bras de la guillotine dont ils étaient les pourvoyeurs, défilèrent gravement et allèrent s'asseoir dans leurs fauteuils respectifs.

Au même instant les jurés, ayant à leur tête un grand vieux à barbe de neige, auquel son âge promettait les fonctions de chef du jury, débouchaient à la file indienne de la petite porte qui mène à la salle de leurs délibérations.

Les opérations préliminaires furent vite bâclées. L'accusé fut introduit, flanqué des deux gendarmes de rigueur, le jury fut tiré au sort et les débats commencèrent après que les témoins se furent retirés sur l'ordre du président.

Théodore était fort pâle. Il sentait qu'une terrible partie allait se jouer où sa tête serait l'enjeu. Et pour comble de malechance les atouts lui manquaient dès le début : son avocat en qui il avait mis son seul espoir, ne donnait pas signe de vie.

Il en avait fait timidement l'observation au président, demandant que l'on attendît la venue de son défenseur.

Le ministère public avait insisté pour que l'on passât outre et la cour avait jugé que la lecture de l'acte d'accusation durerait assez longtemps pour donner au jeune avocat le temps d'arriver.

Le greffier entreprit donc d'une voix na-
sillarde la lecture de l'acte d'accusation. Le
lecteur le connaît; c'était un faisceau de toutes les charges relevées contre le garçon
boucher, coordonnées avec un art indénia-
ble par le ministère public.

Les phrases mélodramatiques mêmes n'y
étaient pas épargnées et sans le ton mono-
tone et pleurard du greffier qui lisait cela
comme un écolier récite une leçon, cette
pièce de littérature judiciaire était destinée
à frapper vivement l'imagination de l'au-
ditoire.

Elle prenait Théodore Mercier à la ma-
melle pour ainsi dire, et montrait les pen-
chants mauvais s'affirmant en lui et se dé-
veloppant avec l'âge. Et le gros Machinot
aurait certainement protesté s'il avait entendu cette phrase, véritable insulte à sa
corporation : « A l'âge où d'ordinaire les enfants se livrent aux paisibles ébats de l'innocence, il aimait déjà à se repaître de la
vue du sang; et quand sa mère, que le chagrin d'avoir un tel fils a conduite à la tombe
avant son heure, lui demanda ses goûts
pour le choix d'une carrière, il répondit :
Je veux être boucher! »

Cela continuait dans ce goût pendant
quatre longues pages de prose très serrée;
il y avait même quelques vers d'un grand

poëte, intercalés sans doute pour prouver qu'un magistrat connaît ses classiques.

Rien en un mot n'avait été épargné pour faire sur l'esprit des jurés une impression poignante et pour présenter Mercier comme le plus fieffé scélérat, qu'oncques la terre eût porté.

Et voici quelle était la fin de ce remarquable morceau de rhétorique, que le greffier lut en scandant les mots pour faire plus d'effet :

« En conséquence Mercier(Théodore-Jules) est accusé d'assassinat commis avec préméditation sur la personne du nommé Belon (Auguste), et de tentative de viol, tentative qui a avorté par des circonstances indépendantes de sa volonté, sur la personne de Rose Rochefontaine, dite Rose Graind... »

— Ah ! mon Dieu ! exclame une voix, coupant la parole au greffier.

— Silence ! glapit l'huissier.

C'était le vieillard, chef du jury, qui avait poussé ce cri.

Il se leva sur son banc et s'adressant au président :

— Monsieur le président, je demande la parole.

— Vous l'aurez tout à l'heure, monsieur, dit le président, mais n'interrompez pas.

Le greffier acheva sa lecture sans encombre.

Sitôt qu'il eut fini :

— Vous avez la parole, monsieur, dit le président au chef du jury.

— Messieurs, dit le vieillard, d'une voix altérée par l'émotion, vous allez comprendre pourquoi je n'ai pu, malgré le respect que me commandaient le lieu et les circonstances, retenir l'exclamation qui m'est échappée bien malgré moi, je vous le jure, et comment (puissé-je ne pas me tromper, je vais être obligé de céder à l'un de vous les fonctions de chef du jury).

Le président dressa l'oreille à ces mots. Il flairait un incident d'audience, chose qu'il abhorrait par-dessus tout.

Oscar Cendrinettes, toujours seul au banc de la presse, se félicitait intérieurement d'être venu. Les jeunes avocats se taisaient, fort intrigués, oubliant déjà l'absence de M⁰ Estibal dont le retard les mettait aux anges.

— Expliquez-vous, monsieur, fit le président, d'un air visiblement ennuyé.

Il se fit un grand silence.

— Messieurs, commença le vieillard, il y a quelques années, alors que j'étais au bagne...

— Au bagne ? ne put s'empêcher de s'écrier le président, en sursautant dans son fauteuil.

— Oui, monsieur le président, au bagne,

en Calédonie, pour faits politiques. Ce qui
fait, continua le vieillard, que je suis aujourd'hui, de par l'amnistie, réintégré dans
mes droits de citoyen et que j'ai le droit
de siéger ici... Vous m'avez interrompu
sur ce mot : au bagne, je reprends donc.

Il y a quelques années, quand j'étais là-
bas, je fis, mais en vain, toutes les démarches humainement possibles pour savoir ce
qu'était devenue une enfant — ma petite-
fille, monsieur le président, — dont le père,
fusillé en 1871, m'avait laissé la garde. Il
me fut impossible de rien apprendre. L'ad-
ministration ne se mit pas en frais de recherches pour un forçat, surtout pour un
forçat politique. Tout ce que je sus, c'est
que ma fille, la mère de cette enfant, était
morte de chagrin à la suite de la Commune.

Au retour, je fouillai toute la banlieue de
Paris, car je savais que ma petite-fille avait
été mise en nourrice dans une commune
suburbaine. Mais, hélas ! j'ignorais le nom
de la femme qui l'avait élevée; je ne pus
recueillir aucun indice.

Or voici que tout à l'heure, M. le greffier
a prononcé un nom qui m'a soudain rendu
l'espoir que j'avais perdu depuis bien des
mois. Ma petite fille s'appelait Rose; son
père s'appelait Rochefontaine... Suis-je le
jouet d'une coïncidence étonnante de noms
et de prénoms ? Je n'ose croire le contraire;

délivrez-moi de ce doute, monsieur le pré·
sident !

— Monsieur, répondit le président en
feuilletant les dossiers qu'il avait devant lui,
vous avez droit comme juré à tous les renseignements concernant la cause sur la-
quelle vous êtes appelé a prononcer. La loi
m'ordonne de vous les fournir.

La jeune fille dont il s'agit est connue
sous le nom de Rose ou Rosette Graindor;
mais il résulte de papiers apportés par
elle au juge d'instruction qu'elle n'est que
la fille d'adoption de madame Graindor, à
qui elle fut confiée au mois de mars 1870
par un monsieur qui prétendit s'appeler
Maxime Rochefontaine et être le père de
l'enfant.

— Maxime ! c'est cela, s'écria le vieillard.

— Madame Graindor, dont la déposition
nous manquera au cours de ces débats,
puisqu'elle est en traitement à la Salpêtrière, était à cette époque nourrice à Gentilly...

— A Gentilly ! c'est ma fille, c'est ma
Rose !.....

Le vieillard en prononçant ces mots s'é-
tait affaissé sur son banc... l'émotion l'é-
touffait.....

On s'empressa autour de lui, on lui bas-

sina les tempes avec de l'eau fraîche. Bientôt il revint à lui et respira longuement.

— Je vous demande pardon, messieurs,
dit-il ; à mon âge les émotions trop fortes
peuvent tuer leur homme..... Puis-je *la*
voir, monsieur le président ? ajouta-t-il d'un
ton suppliant.

— Vous la verrez tout à l'heure, fit le
président, ému malgré lui de cette scène.
Mais vous ne pouvez demeurer chef du
jury, continua-t-il. Vous êtes proche parent
de la victime et dès lors votre impartialité
vis-à-vis de l'accusé pourrait être mise en
doute, ce que la loi a prévu et dé-
fendu...

— J'y avais déjà songé, monsieur le président, et mon intention...

Le vieillard s'arrêta. La porte des avocats venait de s'ouvrir brusquement et
Me Raoul Estibal, sans toge ni toque, hale-
tant, le front couvert de sueur, marchait
droit au bureau du président, une lettre
à la main.

— Messieurs de la cour, messieurs les
jurés, s'écria-t-il, je vous prie d excuser
mon retard que justifiera amplement la
lecture de cette lettre.

En disant ces mots il remit au président

l'enveloppe cachetée qui portait en sus-
cription :

A M. le Président de la Cour d'assises.

Le président étonné décacheta la mis-
sive.

Pendant qu'il la lisait, sa figure passait
successivement par toutes les phases de la
surprise la plus profonde.

Il en communiqua le contenu aux deux
juges qui étaient assis à ses côtés ; puis au
procureur général qu'il appela d'un signe.
Tous quatre se consultèrent un moment.

— Monsieur, dit enfin le président, cette
lettre contient des révélations tellement
graves au sujet de l'affaire qui nous occupe,
que je ne puis mettre en doute son authen-
ticité, sans porter une atteinte grave à
l'honneur du défenseur qui me l'a apportée.....

— Je ne demande, interrompit Raoul,
que la remise de l'affaire à une prochaine
session. D'ici là la preuve des faits énoncés
dans cette lettre sera faite par mes soins.

— Monsieur le procureur général ne s'y
oppose pas ? interrogea le président.

Le procureur fit de la tête un signe né-
gatif.

— En ce cas la cour juge qu'il y a lieu

à un supplément d'instruction..... et... re-
met la cause à sa prochaine session.....
Gendarmes, emmenez l'accusé !

Et l'audience fut levée à la stupéfaction
générale.

CHAPITRE VII

Cependant Oscar Cendrinettes s'était atta-
ché avec la ténacité du lierre aux basques
de Raoul.

— C'est sur une lettre apportée par lui,
s'était dit Oscar qui avait l'habitude de
motiver tous ses actes par une série de rai-
sonnements, c'est sur le vu de cette lettre
que le président a renvoyé l'affaire, en
ajoutant qu'elle contient de graves révélations. Raoul doit savoir ce qu'il y a dans
la lettre. Il faut que je le sache aussi.

Et depuis ce moment il ne quittait pas
le jeune avocat plus que son ombre.

Raoul qui connaissait de longue date le
petit reporter, le voyait venir et tournait
adroitement tous les jalons que Cendrinettes jetait dans la conversation pour arriver, suivant une expression familière, à
lui « tirer les vers du nez », riant intérieurement des déconvenues successives du
pauvre Oscar que ces réticences mettaient
sur le gril.

Nous laisserons celui-ci se livrer en vain à toutes les subtilités de la rhétorique la plus raffinée et nous retournerons de quelques heures en arrière pour savoir ce qui s'était passé au *raout* organisé par le jeune avocat chez Maurice de Traincy, à la suite, lui donnait-il pour prétexte, d'un pari perdu.

Ce soir du 2 mai, Maurice ne laissait pas que d'être fort inquiet et tourmenté. Les quelques mots échappés à Raoul quand celui-ci, se croyant seul, avait constaté la disparition du poignard de la panoplie, ne lui sortaient pas de la tête.

— Evidemment, se disait le misérable, il est sur la trace de la vérité.

Cependant, le choix qu'avait fait Raoul de leur appartement commun pour y traiter quelques amis le rassurait.

— Si la conviction de Raoul, pensait-il, était absolument faite, il ne choisirait pas cet endroit pour y donner à souper.

Et il avait fait tout préparer en conséquence.

A partir de neuf heures, les invités arrivèrent successivement.

Comme Raoul n'était pas encore là, Maurice fit les honneurs de chez lui avec une bonne grâce parfaite.

Cet homme possédait au plus haut point

la science de dissimuler les sentiments qui l'agitaient intérieuremen:.

A le voir calme, souriant, le sourire sté-réotypé sur les lèvres, ayant un bon mot, une phrase aimable pour chacun, nul ne se fût douté que cet homme avait un secret terrible sur la conscience et qu'il tremblait depuis quelques jours que son crime ne se découvrît.

Cependant l'absence de Raoul qui aurait dû se trouver des premiers au rendez-vous fixé par lui-même, le tracassait.

-– Les invités étaient au complet; on n'attendait plus que l'amphitryon.

Enfin, vers dix heures une clé grinça dans la serrure.

Maurice qui entretenait la conversation dans le petit salon-chambre à coucher où tous étaient réunis, dressa l'oreille au bruit.

Mais il ne se dérangea pas.

— Eh ! fit-il, c'est Raoul, je reconnais son pas.

C'était Raoul en effet. Il entra, salua, distribua à droite et à gauche force poi-gnées de main.

— Tu es en retard, mon cher, fit Maurice.

— Ne *vous* en plaignez pas trop, répondit Raoul froidement, en esquivant la poignée de main que lui tendait l'avocat.

Maurice se recula; ce ton froid, cé *vous* de

la part de Raoul qu'il avait toujours tutoyé, le glacèrent. Il ne fut pas maître cette fois d'un léger tremblement.

Quel sens mystérieux cachait cette réponse énigmatique ?

— Asseyez-vous donc, messieurs, reprit Raoul. Il ne faut pas que mon arrivée interrompe votre causerie.

Tous se rassirent, sauf Maurice de Traincy.

— Eh bien! Maurice, reprit le jeune homme d'un ton bref, vous ne m'avez pas entendu ?

Maurice, trop préoccupé pour répondre, obéit, sans savoir ce qu'il faisait.

— Mes chers amis, reprit Raoul, vous excuserez mon retard quand vous en saurez la cause. Imaginez-vous que j'ai rencontré en venant un ami qui m'a conté une histoire tellement captivante, tellement attachante par son étrangeté même, que je n'ai pu me résoudre à le quitter avant qu'il n'eût achevé son récit.

— Oh! oh! et peut-on, sans indiscrétion...

— Connaître cette histoire ?... Avec le plus grand plaisir. D'autant plus que vous êtes mieux que quiconque aptes à en savourer les détails par la profession que nous avons choisie...

— C'est donc une histoire de procès ?...

— Mieux encore! c'est l'histoire d'un

crime sur lequel plane un mystère étrange.

Maurice avait reconquis son aplomb.

— Dis vite, mon cher, tu nous fais languir...

— Vous ne languirez pas longtemps Il s'agit d'un criminel que son rang, que sa profession, que sa naissance, mettent au-dessus de tous les soupçons et qui, certes, sans les recherches de mon ami, aurait à tout jamais joui de l'impunité.

— Peut-on savoir. fit quelqu'un...

— Le nom du criminel. Vous le saurez tout à l'heure. Il s'agit d'un viol compliqué d'un assassinat...

— Tiens, comme l'affaire que tu plaides demain, je crois ?

— Identiquement. Le vrai coupable a échappé aux recherches jusqu'ici et mon ami me demandait conseil. Il le connaît, ce coupable, et pourtant, pour l'honneur de sa famille, de ses amis, il hésite à parler.

— Il a tort, interrompirent deux ou trois voix.

— C'est également mon avis. Mais j'ai tenu à vous consulter aussi, parce qu'il y va de la vie de deux vieillards, le père et la mère du criminel qu'une telle honte mène-rait au tombeau, parce qu'il y va de l'honneur du corps auquel appartient le coupable sur lequel rejaillirait la souillure.

— C'est donc un officier ?...

— Presque ! mais d'un autre côté, les soupçons sont faussement dirigés sur un innocent.

— Alors il n'y a pas à hésiter, reprirent ceux qui avaient déjà parlé.

— Et le nom de ce criminel ? demanda Maurice très pâle.

— Messieurs, dit Raoul, je le remets à votre honneur.

Et se levant subitement, il souleva d'un coup la portière en tapisserie...

Une charmante vision apparut aux assistants. C'était Rosette.

— Le coupable ! reprit fébrilement Raoul en étendant le bras vers Maurice avec un geste écrasant, le coupable, le voilà ! C'est M. Maurice de Traincy !

Maurice s'attendait si peu à cette confrontation avec celle qui avait failli être sa victime, qu'il perdit absolument la tête.

— Grâce ! balbutia-t-il en se voilant la figure dans ses mains et en tombant à genoux sur le tapis.

— Il avoue, messieurs, dit Raoul triomphant. Vous êtes témoins !

Machinalement deux des invités s'étaient précipités vers Maurice et l'avaient relevé.

— Maintenez-le, messieurs, dit Raoul. Il ne faut pas qu'il s'échappe.

Et maintenant, je vous le demande, continua-t-il en s'adressant aux autres specta-

teurs de cette scène qui demeuraient stupé-
faits, pouvons-nous, pour l'honneur de
l'Ordre, livrer cet homme aux tribunaux ?

Tous baissaient la tête sans répondre.

— Non, n'est-ce pas? poursuivit le jeune
homme. Alors, messieurs, jugeons-le ici
même. Maître Delormey, vous êtes l'aîné
de nous tous, prenez la présidence.

Je serai l'accusateur. Il se défendra.

Maurice, anéanti, demeurait dans son fauteuil sans un mouvement.

Alors Raoul raconta lentement comment
il avait découvert la vérité. Il sortit les deux
mouchoirs marqués M. T. et T. M. Il fit re-
marquer l'absence du poignard ciselé, il dit
comment Maurice avait tenté de l'assassiner.

Rosette tremblante vint répéter les propos que lui avait tenus l'accusé.

Maurice comprit qu'il était perdu. Il s'é-
tait trahi une fois, il ne pouvait plus payer
d'audace.

Il avoua.

— Messieurs, reprit alors Raoul, nous ne
pouvons dénoncer ce misérable. Mais nous
devons empêcher qu'un innocent porte le
poids de ses crimes.

— Monsieur de Traincy, continua-t-il,
vous n'irez pas à l'échafaud, mais vous allez
écrire ce que je vais vous dicter.

On approcha une table.

Maurice voulut protester.

— Ne faites pas un geste, ou j'appelle deux agents ! Ecrivez !

Le misérable prit la plume. Raoul dicta :

Monsieur le président,

Je suis seul coupable du crime dont est accusé le nommé Théodore Mercier.

Je charge maîtres Delormey et Estibal d'en fournir les preuves.

Que ma famille et le public l'ignorent toujours.

— Signez maintenant et mettez l'adresse :

A Monsieur le Président de la cour d'assises.

Raoul s'empara de la lettre, la cacheta et la mit dans sa poche.

— Maintenant, dit-il, nous allons nous retirer. Vous aurez dix minutes pour vous repentir. Et n'essayez pas de vous enfuir. Ce serait inutile. Nous surveillerons la maison et l'escalier. Je vais vous laisser un revolver chargé d'une seule balle. Si dans dix minutes, nous n'entendons pas la détonation qui nous prouvera que vous vous êtes fait justice, dans un quart d'heure, le commissaire de police sera ici. Vous avez le choix.

Tous se levèrent en silence et sortirent, péniblement impressionnés.

Il fut fait comme avait dit Raoul.

Cinq minutes après, un coup de revolver mit en émoi la maison et le voisinage.

Quand les agents arrivèrent, ils ne trouvèrent qu'un cadavre.

Maurice de Traincy s'était fait sauter la cervelle.

Quant à Raoul, après avoir erré dans les rues de Paris une partie de la nuit, il s'était couché, brisé de fatigue et d'émotions, à cinq heures du matin.

De là son retard à la cour d'assises.

Le lecteur sait le reste

CHAPITRE I

UN JOLI COUPLE

Le soir de Noël, l'établissement innommable que tenait la mère Tapezy sur l'avenue de Saint-Ouen, regorgeait de clients.

Mi-partie hôtel borgne et mauvais lieu, cette maison ne se distinguait de ses pareilles des quartiers excentriques que par un ton plus canaille s'il est possible.

C'était l'antre de l'abjection.

Vu de la rue, il n'offrait pourtant rien de bien remarquable.

C'était un bâtiment élevé de quatre étages, aux murs lézardés, fendillés, crevassés, lépreux, et qui, malgré son air de vétusté, pouvait offrir, de loin, toutes les apparences d'une maison honnête.

Mais c'est en pénétrant dans le couloir qui divisait en deux le rez-de-chaussée que le spectacle devenait à la fois curieux et horrible.

D'un côté se trouvait le bureau de l'hôtel, servant en même temps de logement à la digne patronne de l'établissement et à son mari, le père Tapezy, qui avait (au rebours de ce qui se passe d'habitude) pris le nom ou plutôt le surnom de la femme qu'il avait épousée. Disons de suite que la mère Tapezy avait gagné ce sobriquet à cause de la facilité qu'elle apportait à gifler ses clients qui la craignaient beaucoup.

D'où ce verbe : « Tape-z-y dessus ! » qui devint un nom : Tapezy.

L'autre partie du rez-de-chaussée était la buvette.

Ce repaire était le rendez-vous de tout ce que ce quartier mal famé de Paris renferme de repris de justice, d'escarpes, souteneurs et malandrins de tout âge et de tout sexe.

Nous sommes même confus d'être obligés de conduire nos lecteurs dans de tels bas-fonds. Les nécessités du récit nous y forcent. Ils y trouveront en tous cas de curieux tableaux d'un monde — j'allais dire d'une *confrérie*, — peu connu du public : la *pègre*, sorte de franc-maçonnerie du mal, qui, si elle n'a point de règles et de statuts écrits, en a de tacites, non moins formidables que ceux des sociétés secrètes les plus fameuses et qui peuvent se résumer en deux formules que l'on retrouve gravées sur les murs de toutes les cellules dans toutes les prisons : *Mort aux pantes !* (1) *Mort aux vaches !* (2).

C'est dans cette société choisie que se recrutaient les habitués de l'hôtel Tapezy.

Ces bouges de la grande cité abritent et propagent la peste morale qui engendre la prostitution, le vol et l'assassinat.

Toutes les épaves humaines, victimes quelquefois des circonstances ou d'un tempérament prédestiné, s'en viennent échouer sur ces rivages fangeux, apportant au fonds commun leur tribut de vices, de pourriture morale et de maladie.

Hommes et femmes, tombés en décomposition avant la mort, vivent dans ces antres empoisonnés, dans ces milieux corrompus et corrupteurs : ils se vautrent dans la boue, devenue pour eux un élément et une volupté.

Les enfants de ces créatures dégradées, champignons vénéneux poussés un soir sur le fumier de la débauche, ne tardent guère à entrer en possession de leur abominable héritage : le vice. Ils se battent, se saoûlent et volent comme père et mère.

Ignorants du bien et dépourvus du sens

(1) Honnête homme, imbécile.

(2) Tout agent de l'autorité, depuis le préfet de police jusqu'au dernier gardien de prison est une « vache ».

moral, ces jeunes indigènes de l'égout so-
cial, avant même que d'être pubères et
nubiles, se roulent dans le ruisseau natal et s'accouplent, confondant et doublant
leur putréfaction.

Tout cela se laisse aller au flux et au
reflux qui pousse les misérables du Dépôt
à Mazas et de là aux centrales, au bagne,
et quelquefois même à l'échafaud, dont le
chemin reste tout grand ouvert pour les
va-nu-pieds et les déshérités du sort.

Le débit de vins et liqueurs était d'ailleurs digne de ses habitués ; le mobilier se
composait d'un fourneau, de tables boi-
teuses et de chaises dépaillées et érein-
tées ; les carreaux disparaissaient sous une
couche épaisse de saleté et de crachats. Il
était impossible de distinguer, du dehors,
ce qui se passait dans ce cabaret; les
clients y étaient chez eux.

Comme la mère Tapezy s'assoupissait
sur son comptoir, la porte de la boutique
s'ouvrit, et un individu, vêtu d'un costume
noir, usé et luisant aux coudes et aux genoux, pénétra dans l'intérieur.

La cabaretière, à la vue de ce personnage,
quitta sa pose endormie et se croisa les
bras en le considérant bien en face.

Le nouvel arrivé pouvait avoir vingt-
cinq ans. Il était rasé et portait des cheveux bruns, très courts ; son teint plombé,

ses yeux enfoncés et injectés dénotaient une existence crapuleuse ; il avança lentement en soutenant de son œil faux le regard irrité qui pesait sur lui.

— Eh bien ! De quoi ? Vous allez pas m'avaler, je suppose, fit il en fourrant tranquillement les pouces dans les poches de son sale pantalon.

— C'est comme ça que tu le prends ? grogna la patronne ; alors, à nous deux, sainte flemme ! D'abord, tu vas payer ta nourriture, mon fiston ! et tout de suite, et puis ta chambre, et puis ce qui s'ensuit, ou je te fais coffrer, je te dénonce !

L'autre eut un sourire railleur.

— Ah ! bougre d'animal, t'iras nocer avec ma monnaie. En v'là-z-assez de cette vie-là..... Tu vas me payer, entends-tu, mon p'tit ?

— Minute, la commère, faut pas s'emballer. Vous avez un béguin pour *moi*. Parfait. Nous en faisons porter au papa Tapezy... C'est encore mieux ; mais là, entre nous, vous avez deux fois l'âge à bibi, et dame, faut combler ce trou-là en belle et bonne galette ; quand on n'a plus ses dix-huit printemps, faut abouler du *carme* (1). Pas d'argent, pas d'amant. Maintenant, si j'ai découché c'te nuit, c'est que j'avais des affaires à conclure.

(1) De l'argent.

— Connu ! mon fieu.

— Possible, ma tourterelle, pensez-en c'que vous voudrez, au fait. Vous êtes pas forcée d'me croire. J'suis encore assez bête de vous répondre. Si ça ne fait pas suer, un vieux trumeau de ce calibre-là qui m' fait des scènes de jalousie. Oh ! malheur !...

Et le jeune homme à la physionomie flétrie s'installa à cheval sur une chaise, pendant que la mère Tapezy, habituée à de pareilles scènes, maugréait quelques jurons, sans pourtant se fâcher bien fort.

Singulières étaient les relations de ces deux êtres. Madame Tapezy, qui tenait avec son mari l'hôtel et le débit de liqueurs, était une ancienne fille publique. A l'encontre de ses pareilles, elle était parvenue à se retirer avec quelque argent. Pour faire une fin, elle avait épousé le sieur Poirson, un ancien agent des mœurs qui fermait les yeux sur sa conduite, à la condition de pouvoir s'enivrer chaque jour.

— Bah ! disait-il, les préjugés, c'est d'la blague.

L'abject amant de la dame Tapezy s'appelait Prévôt, dit le *Nourrisseur*.

Ce nom, dans l'argot des voleurs, désigne celui qui cherche les mauvais coups à faire. Le *Nourrisseur* indique, moyennant une bonne redevance, soit un endroit à piller, soit quelqu'un à dévaliser. Jamais il ne prend de part à l'action. De cette façon, il touche le produit des vols qu'il organise sans courir de dangers sérieux.

Il se mettait en campagne avec une adresse merveilleuse et il ne revenait jamais sans avoir en tête quelque bonne affaire à proposer aux amis. Du reste, il évitait toujours de se compromettre et ne parlait jamais devant témoins. Ses complices étaient obligés de lui faire belle part après leurs entreprises, car il aurait pu, à son gré, les dénoncer à la police.

Dans ce milieu criminel on le méprisait, mais on ne laissait pas de le craindre.

Pour augmenter ses ressources, le *Nourrisseur* s'était fait l'amant de la vieille mère Tapezy, qui avait gardé un tempérament d'hystérique, en dépit de son âge avancé. D'ailleurs, ce jeune homme, blasé prématurément, trouvait dans ce commerce immonde une jouissance qu'aucune autre femme n'eût été capable de lui procurer. Cette dégoûtante mégère exerçait sur ses sens une attraction bizarre.

Le jeune organisateur de vols et de filouteries, bien qu'ayant constamment vécu dans les ruelles borgnes de la métropole parisienne, avait quelque chose des mœurs bourgeoises.

Il était loin d'avoir la cynique et brutale franchise des bandits avec lesquels il tra-

vaillait. Sa mise était à peu près celle d'un
saute-ruisseau ou d'un répétiteur. Jamais il
ne portait de blouse ni de casquette. Ses
amis le traitaient de « gandin »...

La mère Tapezy et son amant cessèrent
de se quereller pour penser aux affaires sérieuses.

— Ça n'est pas tout ça, reprit Prévôt, il
s'agit d'écarter ton mari qui se souvient trop
de son ancien métier. Envoie-le chercher
trois sous de lait dans une assiette plate (1),
ça nous débarrassera, car les amis doivent
venir et nous avons à causer sans témoins.

— C'est-y un poupon que t'as nourri (2) ?

— Pas précisément. Mais c'est mieux encore. C'est la bande réorganisée, renouve-
lée, retrouvée et rafistolée. C'est toute une
série de bons coups à tenter pour le mois
de janvier, grâce à une organisation ha-
bile. C'est enfin une tête que j'ai trouvée
pour la bande qui est incapable de se diriger seule.

— Un chef alors que tu amènes ?

— Ou une *chéfesse*, peu importe. L'essen-
tiel, c'est que la gonzesse (3) en question

(1) Proverbe populaire assez expressif.
(2) Un vol à faire que tu as découvert.
(3) Femme, fille.

est digne do devenir « un ami et un homme (1) » et qu'elle saura mieux se faire obéir que les zigs les plus à la redresse (2).

— Possible, opina la matrone avec un signe de tête approbatif, y a des femmes qui valent bien des hommes. Enfin, conclut-elle en levant lourdement sa massive personne, je vas toujours expédier Tapezy en courses. Vous prendrez la grande chambre du premier qui est justement libre à cette heure. Et comment qu'elle s'appelle, ta protégée?

— Oh! ma protégée, fit Prévôt avec modestie, dites plutôt ma protectrice...

La mère Tapezy fronça le sourcil, remordue à ce qui lui servait de cœur par le serpent de la jalousie.

— ... En tout bien tout honneur, se hâta d'ajouter le jeune homme qui voulait éviter un nouvel orage.

— Enfin comment qu'elle s'appelle? interrogea la mégère.

— Vous saurez son nom tout à l'heure, repartit Prévôt. Mais faisons vite. Les aminches vont s'amener et faut battre le fer pendant qu'il est chaud.

— T'as raison, j'y vais. Tu feras monter

(1) Terme d'admiration pour désigner un voleur déterminé.

(2) Les plus malins.

tes amis un à un rapport à la *rouscaille* (1).

— Entendu, fit le *Nourrisseur.*

A ce moment un homme entra, froid, la cigarette entre les dents et, après avoir jeté un regard circulaire tout autour de la buvette, s'assit et commanda :

— Un café !... Avec du marc.

(1) La police.

CHAPITRE II

Une heure après cette conversation, sept hommes à faces patibulaires se trouvaient réunis au premier étage de l'hôtel Tapezy, dans ce que la maîtresse du *Nourrisseur* appelait « la grande chambre. »

Assis autour d'une grande table couverte de verres et de bouteilles déjà à moitié vides, ils causaient à mi-voix quoique avec une certaine animation, en gens prudents pour qui les murs ont des oreilles.

La salle était éclairée — fort mal, par une lampe à pétrole suspendue au plafond. Au premier abord on ne distinguait confusément que des ombres qui s'agitaient. Puis le regard s'habituait à cette lumière jaunâtre. Alors on apercevait des têtes peu rassurantes.

Soudain un tumulte monta de la buvette sise au-dessous. Pendant une minute ils se regardèrent silencieusement, croyant à une râfle de police.

Mais bientôt ils s'expliquèrent la cause du

vacarme, c'étaient des ivrognes qui chantaient.

Alors l'un d'eux, que ses compagnons appelaient Charlot, se décida à reprendre la conversation :

— Voyons, fit-il, c est pas tout ça; il faut nous expliquer. Grâce à moi, vous avez échappé à la *rousse* (1), tandis que Gros-Bœuf de la Villette s'est fait *poisser* (2) dans l'affaire de la rue Montmartre. Les amis La Guiche de la Bastille et Bambouli des Gobelins (3) sont aussi au b'oc (4).

Il y eut un silence.

— De plus, reprit le même, le môme Emile est au Depôt.

— C'est vrai, répondirent sourdement les bandits. Ils sont tous coffrés.

— Eh bien, continua Charlot, nous ne sommes pas perdus pour ça. Nous voici réunis ici ce soir comme au temps où Gros-Bœuf commandait la bande. Ah ! elle a fait trembler les *pantes* et les *flics* (5), la Bande-Noire. Eh bien ! faute d'un moine l'abbaye

(1) La police, synonyme de *rouscaille*.

(2) S'est fait pincer, prendre.

(3) Les voleurs joignent toujours à leur nom ou à leur sobriquet le nom de leur quartier natal ou d'adoption.

(4) En prison.

(5) Les sergents de ville.

ne chôme pas, comme dit le proverbe. Il faut nous unir encore. Nous sommes ici une jolie collection de *pégriots* (1) d'attaque. Paris tremblera encore si la Bande-Noire se reforme.

— Y a pas de raison pour se séparer, fit une sorte d'Hercule, ancien lutteur de foires, qui répondait au surnom de Casse-Gueule.

— Jamais de la vie, opina un autre.

— C'est bien, reprit Charlot, satisfait de cette unanimité, nous sommes tous d'accord là-dessus. La bande a perdu des hommes ; on les remplacera. Maintenant, continua-t-il après un instant de réflexion, vous savez que Gros-Bœuf qui est à la Grande-Roquette et Prévôt le *Nourrisseur* qui va monter tout à l'heure, formaient avec moi,... comment dirai-je ?. . l'état-major de la bande.

— Et une chouette alors, approuva Casse-Gueule. Continue, mon vieux, on t'écoute.

— Gros-Bœuf était le chef, n'est-ce pas ?... Prévôt, lui, cherchait les affaires et les indiquait, mais sans mettre la main à la pâte...

— C'est pas un *homme* (2), c'est une *pestaille* (3), interrompit un tout jeune homme,

(1) Voleurs.
(2) Un brave.
(3) Canaille.

le cadet de la bande, qui avait sans doute
des raisons d'en vouloir au *Nourrisseur;* et
il frappa violemment son verre sur la table.

Charlot profita de l'interruption pour
s'arrêter et prêter l'oreille. En bas, les
ivrognes beuglaient toujours.

Néanmoins il baissa encore le ton en re-
prenant :

— Charlot est lâche, c'est possible, mais
il nous est fidèle et il nous sert bien.

— Approuvé, fit l'Hercule.

— Quant à moi, poursuivit Charlot, je
suis votre factotum ; mon rôle consiste à empêcher les *arrestasses* (1), et à deviner les
trahisons, enfin à tout organiser pour le
mieux. On ne réussit pas toujours...

— C'est égal, reprit Casse-Gueule de sa
grosse voix, t'as pas ton pareil et tu seras
notre chef. D'abord c'est l'idée de la Goulue.

Ce nom de la Goulue parut produire une
sensation étrange parmi tous ces vétérans
de crime. Ce devait être quelque célébrité.

— Un instant, reprit Charlot. Nous avons
précisément à causer de ça. La Goulue,
qu'était la *gigolette* (2) à Gros-Bœuf, a toujours été la véritable directrice de l'associa-
tion. C'est elle qui faisait marcher Gros-
Bœuf à son idée et, tant qu'elle nous a

(1) Arrestations.
(2) La maîtresse.

commandés, nous avons réussi. Pourquoi ? Parce qu'elle nous communiquait son enthousiasme, sa fièvre, je ne sais quoi qu'elle vous a dans les yeux. Au contraire, du jour que Gros-Bœuf l'a lâchée, tout a mal tourné. N'est-ce pas vrai ?

Un muet échange de regards remplis d'admiration répondit à cette question en montrant à quel point cette fille avait su prendre d'ascendant sur ces hommes.

— Voilà pourquoi, poursuivit Charlot, elle doit rester à notre tête et nous gagnerons tout à lui obéir. C'est pas la première venue celle qui disait à Gros-Bœuf et à nous. « Mes enfants, y a que trois choses de vraies : l'amour, l'or et le sang... L'amour à pleines lèvres, l'or à pleines mains... et du sang, du sang ! »

Ces paroles électrisèrent les bandits qui répétèrent :

— Oui, du sang, du sang, elle disait ça !

— Eh bien, continua Charlot, j'en ai causé hier avec le *Nourrisseur*. Il a été de mon avis et ce matin je suis allé chez la Goulue. Elle accepte, qu'elle m'a dit. Et elle va venir ici ce soir. Désormais ce sera elle qui prendra le commandement de la bande.

— Bravo ! firent les autres. Vive Charlot pour les bonnes idées !

— Oui, reprit celui-ci, ce sera elle qui sera notre chef, à moins que...

Il s'arrêta en souriant d'une façon significative.

— A moins que quoi ?.... interrogèrent ses compagnons.

— Vous le saurez peut être tout à l'heure.

— Dis de suite !... Que sais-tu ?...

— Je sais tout ce que je dois savoir... Enfin voilà où en sont les choses Je n'avais pas de goût pour être votre chef. J'aime autant continuer comme par le passé... avec une meilleure par, dans les affaires si ça se peut. . Je reste ce que je suis, Charlot de Belleville, le mouchard de la *rendôle* 1).

Les bandits étaient fort intrigués... Ils ne perdaient pas une parole du sinistre gredin qui jouissait de son prestige sur les malfaiteurs qui l'entouraient.

Mais un nouveau venu vint faire brusquement diversion, en se plantant devant la table, les mains dans les poches.

C'était Prévôt, l'amant de la mère Tapezy.

— Ah ! voilà le *Nourrisseur*, firent-ils en chœur. Eh bien ?...

— La Goulue est en bas avec un type qu'a l'air d'un gars à poigne. Elle va monter dans un instant.

(1) Police.

— Avec qui ?...

— Je ne le connais pas. Jamais tant vu.

Il y eut un vif mouvement de curiosité. Tous les regards se braquèrent sur la porte que Prévôt avait refermée derrière lui.

Tout à coup elle s'ouvrit :

— La Goulue, exclamèrent les bandits.

— Et votre nouveau chef, dit celle-ci d'une voix claire et énergique en laissant passer devant elle un homme caché dans un manteau de couleur sombre, qui n'était autre que le consommateur de café au marc que nous avons vu entrer dans le débit à la fin du chapitre précédent.

Tout le monde s'était levé.

Celle qu'on appelait la Goulue était une jeune fille de vingt ans à peine, mise avec une élégante recherche qui contrastait singulièrement avec les haillons sordides des clients de la mère Tapezy.

Elle avait un visage d'une expression incomparable.

Des cheveux noirs, crépus et abondants, couronnaient sa tête altière et insolente. Ses yeux avaient des reflets fauves et irrités. Ses narines largement ouvertes donnaient un caractère encore plus violent et sauvage à sa physionomie tourmentée. Sa bouche, épaisse et rouge, se contractait dans un sourire de dédain.

C'était une singulière nature où l'on devinait les passions extrêmes.

On la sentait animée d une vie intense.

Cette fille étrange et superbe exerçait une véritable fascination sur ceux qui l'approchaient.

On eût dit l'ange des amours criminelles, le génie du mal.

Qui était la Goulue, d'où venait-elle ?

Pour tout le monde, c était un mystère. Cependant elle comptait déjà parmi les célébrités du crime.

La police qui la recherchait ne connaissait rien de son passé ni de son existence.

On savait qu'elle était la maîtresse du fameux Gros-Bœuf, et c'était tout.

Revenons à la scène qui nous occupe.

Le compagnon de la Goulue n'avait pas produit un moindre effet que celle ci.

Les bandits regardaient avec une curiosité mêlée de respect ce nouvel affilié qui devait les diriger dans la voie infâme qu'ils avaient choisie.

L'homme avait repoussé son manteau et ôté le feutre à larges bords qui lui couvrait la tête.

On pouvait examiner à loisir ses traits d'une beauté sinistre; son teint pâle, ses cheveux noirs et son front dominateur ; il portait une redingote croisée et ses mains étaient très blanches.

L'Hercule ne put retenir une exclamation.

— Mince de luxe, fit-il. Salut, mossieur le baron.

— En effet, reprit la Goulue, il n'est pas de votre monde. Peu m'importe! Moi, je le trouve digne d'être mon amant... Est ce que cela vous suffit? Est-il digne d'être votre chef?...

Les malfaiteurs se consultèrent du regard.

Charlot prit la parole pour tous.

— Celui que la Goulue a choisi doit être un *homme*. Nous acceptons.

— Et quand on aura besoin d'un gaillard, au besoin, moi, je suis là, fit Casse-Gueule. Si le patron est à la coule, moi je suis d'attaque.

L'amant de la Goulue ne put réprimer un sourire.

Casse-Gueule se leva furieux.

— Ah! mais, dis donc, l'aristo, faudrait voir à ne pas mépriser ceux qu'a du biceps. T'es le nouveau chef, c'est bon; mais, mon petit, j'en mangerais deux comme toi.

— Tu crois? demanda ironiquement le nouveau chef.

Et ses mains s'abattirent sur les poignets du colosse qui essaya vainement de se dégager.

La Goulue applaudit.

— Bravo! ça, mon homme. Allons, Casse-

Gueule, tu es debout et lui assis, c'est pas malin de le faire lâcher.

L'Hercule se tordait, se jetait en arrière, sans parvenir à desserrer ses poignets, emprisonnés dans un véritable étau.

— Très bien, le chef, fit la bande avec admiration.

Tout à coup l'amant de la Goulue, toujours assis, tendit ses bras d'une façon terrible. Ses muscles semblèrent près de se briser.

On vit Casse-Gueule plier lentement.

Il tomba à genoux sous l'étreinte irrésistible du chef.

Ce fut un enthousiasme indescriptible. Casse-Gueule était considéré comme invincible et cet inconnu, cet élégant, venait de le mettre à ses pieds comme il eût fait d'un enfant.

— J'ai trouvé mon maître, fit l'Hercule en se relevant.

Cet incroyable tour de force avait conquis au nouveau chef l'admiration de ses hommes.

— Tu es un mâle, dirent-ils, en tendant leurs mains vers lui...

Charlot avait profité du trouble pour s'approcher du vainqueur. Il lui glissa à l'oreille ces mots qui le pétrifièrent et le firent blêmir :

— Vous avez du nerf et du poignet, monsieur Maurice de Traincy.

CHAPITRE III

Pendant que cette scène se passait à l'hôtel louche de la mère Tapezy, une autre toute différente avait pour théâtre le petit atelier de la rue des Feuillantines.

Depuis qu'elle avait retrouvé son grand-père, Rose Graindor, la jolie blanchisseuse, que nous appellerons désormais de son vrai nom, Rose Rochefontaine, avait quitté le logement de la rue Mouffetard.

Sa mère adoptive, madame Graindor, n'était plus à la Salpêtrière. Le vieux sculpteur avait exigé qu'elle en sortît et la faisait traiter par les plus célèbres médecins aliénistes, dans l'appartement qu'il avait loué pour lui et sa petite-fille, avenue des Gobelins.

Toutefois il avait conservé la blanchisserie. Le docteur en effet avait pensé que la folie de la bonne blanchisseuse, folie douce, mais persistante, serait plus facile à vaincre si l'on pouvait ramener la malade dans son atelier, au milieu de ses chères piles de linge et de ses fers, lui faire reprendre ses habitudes de travail, en sorte qu'elle en arrivât à oublier même la nuit sanglante qui lui avait coûté la raison.

Ce système curatif avait produit jusqu'ici d'excellents résultats.

Madame Graindor, comme il arrive à nombre de fous, avait recouvré sa lucidité d'esprit sur un certain nombre de points.

Pour tout ce qui touchait à son métier, elle raisonnait fort bien, faisant elle-même ses comptes, discourant très sensément avec les clients qui ne se fussent jamais douté, à l'entendre, que la femme qu'ils avaient devant eux était folle.

Mais, sitôt qu'une allusion quelconque, même indirecte, était faite aux événements terribles qui lui avaient porté un coup si funeste, sa pauvre tête déménageait à nouveau. Elle ne reconnaissait plus ceux qui l'entouraient et divaguait des heures entières, se parlant à elle-même et fuyant toute société.

La pauvre Rosette était désespérée à chacune de ces crises qui, quoique plus rares de jour en jour, prouvaient cependant que la guérison ne venait qu'à pas de tortue et que sa mère adoptive pouvait ainsi demeurer des années.

Sa seule consolation était de voir plus fréquemment Raoul dont Lorentin avait au-

torisé les visites et qui n'attendait pour
épouser sa bien-aimée que le rétablisse-
ment complet de madame Graindor.

Aussi, la première question du jeune
homme, sitôt qu'il avait embrassé sa fiancée,
était celle-ci :

— Comment va notre mère ?

— Mieux, et mal cependant, répondait in-
variablement Rosette avec un soupir.

Raoul soupirait aussi et s'asseyait.

Alors c'étaient, à la clarté de la lampe,
de douces causeries, des projets d'avenir
échangés, des conversations stupides, mais
charmantes d'amoureux pour qui tout est
prétexte à parler de leur amour, doux
entretiens où le regard dit la moitié de ce
qu'on veut se dire.

Patients, quoique impatients, ils épe-
laient à deux le livre du cœur et conju-
guaient perpétuellement le verbe aimer en
partie double, recommençant sans se lasser
lorsqu'ils avaient fini.

Lorentin souriait à les entendre ; il se re-
voyait jeune, amoureux, il revivait pour
ainsi dire en ces deux enfants qui étaient
maintenant son horizon, sa vie. Il savourait
son bonheur âprement après tant de souf-
frances. Les voir heureux et finir ses jours
entre eux deux, il n'avait plus maintenant
d'autre ambition.

Cela durait ainsi depuis six mois ; existence paisible et sans secousses, quand, le soir de Noël, Raoul entra, la face décomposée.

Rosette qui était allée lui ouvrir, s'arrêta net, frappée de l'air d'égarement du jeune avocat.

— Qu'y a-t-il ? Qu'as-tu, Raoul ?

— Je crois que, moi aussi, je deviens fou, murmura-t-il accablé.

— Grand Dieu! toi aussi! s'écria la jeune fille que le mot seul de folie terrifiait.

— Ou je rêve, ou je suis fou, ou l'impossible est possible.

— Tu m'effrayes; enfin qu'est-il arrivé?

— Soit, nous ne devons pas avoir de secrets l'un pour l'autre. J'ai rencontré...

— Qui?

— Maurice de Traincy'

— Allons donc! Puisqu'il est mort!...

— C'est précisément pour cela que je me demande si je suis fou. Les morts ne reviennent pas, que je sache...

— Ce ne peut être lui... Quelque ressemblance sans doute...

— Deux hommes ne se ressemblent pas à ce point. D'ailleurs je connais trop Maurice. Or tournure, démarche, port de la tête, tout y était. J'en suis resté confondu.

— Bah! tu auras mal vu.

— Non pas! c'était lui en chair et en os. A sa vue j'ai senti comme un froid me pas-

ser au cœur. Il y a des mouvements irraison-
nés qui ne trompent point...

Rosette demeurait sceptique. Elle ne put
s'empêcher de sourire :

— Superstitieux !

— Non, certes, ce n'est pas de la supers-
tition... C'est de l'intuition, c'est un je ne
sais quoi qu'on ne peut définir, quelque
chose que l'on sent et qu'on ne s'explique
pas. Et tout ce que tu pourrais me dire ne
m'empêcherait pas de répéter encore : J'ai
vu Maurice.

— Soit, dit Rosette qui voulut bien faire
cette concession, mettons que ce soit lui. Et
après ?

— Après ! Tu me le demandes ? s'écria
Raoul avec exaltation. Mais cet homme a dû
jurer notre perte à tous deux et, lui vivant,
c'est nous morts.

Raoul avait l'air si convaincu que la jolie
blanchisseuse se sentit envahie par le doute
et ce fut d'une voix craintive qu'elle interrogea :

— Que faire alors ?

— Etre prudente... Ne jamais sortir seule.
Moi-même je ne sortirai plus sans un revolver. Il faut s'attendre à tout. Quoi qu'il
eu soit, pas un mot de tout ceci à M. Lorentin. N'empoisonnons pas son bonheur.

Et sur ces mots, Raoul sortit, anxieux et
préoccupé.

Nous ne tiendrons pas plus longtemps nos lecteurs en suspens. C'était bien en effet M. Maurice de Traincy que Charlot le bandit avait reconnu dans la personne de l'amant de la Goulue ; c'était bien lui que, le même jour, Raoul avait rencontré dans Paris.

Comment pouvait-il se faire que le misérable fût encore au monde après s'être suicidé dans son appartement du boulevard Voltaire, le soir du 2 mai ? Ceci demande explication.

Lorsque les invités de Raoul qui venaient de se former en jury d'honneur pour juger leur pair, se furent retirés, Maurice resta un instant dans son salon, son pistolet à la main, vert de rage impuissante.

Il avait, nous le savons, dix minutes pour choisir, placé entre cette double alternative d'un jugement, d'une condamnation certaine par l'aveu écrit qu'il avait été forcé de remettre à Raoul, ou cette échappatoire, le suicide.

Son parti fut bientôt pris.

Lâche comme presque tous les criminels, il opta pour la honte publique, affolé à l'idée de se donner la mort.

— Je ne me tuerai pas, fit-il sourdement, qu'ils me dénoncent. Je ne suis pas encore condamné. En tout cas, je gagne du temps et je veux vivre... Qui sait d'ailleurs ? Je puis bénéficier d'un recours en grâce... au lieu que...

Il frissonna en contemplant son arme.

Au même instant un bruit sourd se fit entendre contre sa porte, sur le palier.

— Le commissaire! Déjà... fit-il avec terreur. Je suis perdu.

Mais le bruit avait cessé. Il respira.

Enfin il s'enhardit à aller écouter près de l'huis. Il n'entendit rien. Alors il songea à s'enfuir par les toits. Il entr'ouvrit la porte. L'escalier était noir, le gaz étant éteint à cette heure avancée.

Il allait s'élancer quand son pied heurta quelque chose de mou. C'était un ivrogne habitant du quatrième qui, n'ayant pas eu la force de regagner son domicile, avait roulé, ivre-mort, sur le paillasson.

Une idée infernale germa subitement dans le cerveau de Maurice. Il connaissait cet homme de vue. L'ivrogne était de sa taille, de sa corpulence, la couleur de leurs cheveux était la même.

Il le saisit à bras le corps avec une vigueur décuplée par son état de fièvre et le transporta dans le petit salon, refermant la porte après lui.

Il jeta un coup d'œil hagard sur la pendule. Il avait encore cinq minutes.

Alors il commença à déshabiller l'ivrogne. Celui-ci, inerte, n'opposait aucune résistance, ronflant et grognant sans ouvrir les yeux. Ce fut fait en un instant.

Puis il se déshabilla lui-même rapidement, endossa la défroque du pochard, posa son vêtement de soirée sur un fauteuil et soulevant de nouveau l'homme qui soufflait toujours, assommé par l'alcool, il le coula dans son lit, entre les draps.

Alors, froidement, prenant son temps, il ajusta le malheureux e. lui déchargea son pistolet en plein visage...

Puis il courut s'enfermer dans les cabinets.

Ce qu'il avait prévu arriva. La détonation mit en l'air toute la maison.

Blotti dans sa cachette, il entendit enfoncer sa porte. La police, prévenue, arriva bientôt.

Le cadavre, dans le lit, était abominablement défiguré. La face n'était plus qu'une bouillie sanglante. Le commissaire constata le suicide de M. Maurice de Traincy, que la concierge et les voisins affirmèrent reconnaître formellement.

Pendant deux heures que durèrent ces formalités, il resta sans faire un mouvement, retenant son souffle, tremblant qu'on ne découvrît son refuge.

Enfin tout bruit cessa. Il attendit tout le jour dans une mortelle angoisse. La nuit venue, il s'échappa de la maison sous son

déguisement. L'ivrogne était célibataire, il
découchait parfois. Nul n'avait remarqué
son absence.

L'avocat avait fait peau neuve. Il n'était
plus Maurice de Traincy. Il était Jean Gouron, ouvrier typographe, ainsi que le cons-
tataient les papiers qu'il avait en poche.

Quand il se retrouva libre sur le boulevard, il eut un rictus féroce.

— Et maintenant, à ma vengeance ! murmura-t-il le poing fermé.

Il songea tout d'abord à fuir en province,
à l'étranger. Puis il réfléchit que Paris était
encore la ville du monde où il est le plus
aisé d'échapper à toute recherche au cas
improbable où la substitution de cadavre
serait découverte.

Il resta donc dans la capitale. Mais sans
un sou, sans métier, il ne tarda pas à connaître la plus noire misère. Il fréquenta les
bouges, les cabarets interlopes des quartiers
excentriques et, comme il était joli garçon
et n'avait point d'autres ressources, ayant
bu d'ailleurs toutes les hontes, il utilisa
son physique avantageux et sa force herculéenne et devint bientôt le souteneur le
plus couru des boulevards extérieurs.

C'est ainsi qu'il fit la connaissance de la
Goulue qui venait d'être plantée là par son
amant Gros-Bœuf de la Villette.

Cette fille qui n'avait rien des manières

crapuleuses du monde ou elle vivait, sédui-
sit immédiatement l'ex-avocat. De son côté
la Goulue, fière d'être distinguée par le
soi-disant Jean Gouron, déjà surnommé
Bras-de-Fer, n'hésita pas à répondre à ses
avances. Elle avait des économies. De nouveau Maurice connut un luxe relatif.

Ce honteux commerce durait d puis
deux mois, quand des événements impor-
tants se produisirent. Gros-Bœuf arrêté sous
l'inculpation d'assassinat, fut jugé et condamné à mort. La Bande Noire dont il avait
été le chef se trouva dissoute. C'est alors
que la Goulue songea à la reformer sous
l'autorité de son nouve adorateur. On sait
comment elle accueillit les propositions de
Charlot, et nous avons vu comment Maurice, en domptant l'Hercule Casse-Gueule,
s'était attiré l'admiration de sa troupe et
avait mérité une fois de plus le surnom de
Bras-de-Fer.

CHAPITRE IV

On comprendra sans peine quelle avait été la terreur de Maurice lorsque Charlot lui avait rappelé son véritable nom.

Son secret, si bien caché, appartenait maintenant à quelqu'un.

Il jeta sur le lieutenant de la Bande Noire un regard effrayant.

Il voulait bien en effet devenir le chef de ces malfaiteurs, afin de poursuivre plus aisément son plan de vengeance contre Raoul et Rose, mais il entendait mener ses hommes comme des pantins dont il tiendrait les fils et ne point laisser soupçonner à quiconque, même à la Gouluo, à quel but il marchait dans l'ombre.

Néanmoins, quelle que fût son habitude de se maîtriser, il s'était trahi. Il était reconnu. Il n'y avait plus à dissimuler avec Charlot. Il s'agissait d'obtenir son silence.

Ce fut à voix basse qu'il répondit, en l'entraînant dans l'embrasure de la fenêtre :

— Vous me connaissez donc ?

— J'ai passé cinq mois en *gerbement* (1),
fit Charlot avec modestie. Vous m'avez dé-
fendu il y a trois ans. Je vous ai reconnu
du premier coup.

— Silence pour tout le monde, dit Maurice, et vous n'y perdrez rien. Au contraire.

— On se taira, patron.

Maurice se contenta pour l'instant de
cette promesse, réfléchissant déjà au moyen
de se débarrasser à la première occasion
d'un personnage aussi dangereux.

Charlot ne se doutait guère que, par
une phrase intempestive, il venait de se
faire un ennemi mortel.

— Çà, les enfants, reprit vivement l'ex-
avocat pour se donner une contenance et
cacher son trouble, j'arrose mon entrée dans
la bande. Que chacun commande ce qu'il
voudra et que l'on trinque à ma santé.

— Vive le chef, c'est un zig! exclamèrent
les bandits.

Pendant que le *Nourrisseur* se chargeait
d'aller quérir la mère Tapezy, la Goulue
s'était rapprochée de son amant :

— Est-ce que nous allons moisir ici? lui
demanda-t-elle à mi-voix.

— Non, un verre sur le pouce pour leur
faire raison, et nous filons.

(1) Jugement.

La patronne de l'hôtel montait avec un panier de bordeaux.

Maurice de Traincy se versa un verre, auquel il trempa à peine les lèvres.

— Maintenant, en route, reprit-il, je vous laisse. Et demain rendez-vous ici avec Charlot et le *Nourrisseur*. J'ai un projet à vous communiquer.

Il serra la main à tous et s'éloigna avec la Goulue.

Voici quel était le plan qu'il avait ourdi, plan simple et d'une réussite facile.

Il savait que madame Craindor était sortie de la Salpêtrière, l'ayant aperçue un soir en rôdant devant la blanchisserie.

Il s'agissait de l'attirer au dehors sous un prétexte quelconque, par l'intermédiaire de la Goulue; de l'*emballer* dans un fiacre et de la séquestrer en lieu sûr. Rosette et son fiancé ne soupçonneraient pas cet enlèvement et mettraient la disparition de la brave femme sur le compte de la folie.

Dès lors rien de plus facile que de les attirer ensemble dans un guet-apens en faisant écrire à la pauvre aliénée une lettre où elle fixerait elle-même un rendez-vous.

Une fois en son pouvoir, il se promettait de les traiter avec les derniers raffinements de cruauté, de les tuer à petit feu, torturant Rosette dans Raoul et Raoul dans Rosette.

Enfin il caressait en secret le projet bien
arrêté de posséder de gré ou de force la
jolie blanchisseuse en s'entourant cette fois
de précautions telles que personne ne pût
venir à son secours. Ce serait déjà la moitié
de sa vengeance.

Mais il était évident que la Goulue ne se
prêterait pas de bonne grâce à cette combi-
naison si elle en connaissait les dessous. Il
importait donc qu'elle ignorât quels inté-
rêts elle servait en agissant.

On serait censé vouloir dévaliser la blanchisserie pour s'emparer du linge qu'elle
contenait et remonter d'un coup la garde-
robe de la troupe, sans préjudice de ce qui
se pourrait vendre aux recéleurs habituels.

Maurice résolut de prendre le taureau
par les cornes et attaqua immédiatement la
question, tandis qu'ils se dirigeaient, bras
dessus bras dessous, avec sa maîtresse, vers
le somptueux appartement qu'elle avait
meublé boulevard Haussmann, grâce à ses
fortes parts de butin.

— Eh bien! dit-il, me voilà désormais
le chef reconnu de la Bande Noire, et grâce
à toi qui as refusé ce commandement.

— Nous serons les deux chefs, fit la Goulue en souriant.

— Soit, mais il me semble difficile d'opérer dans le grand. A part le *Nourrisseur* et
Charlot qui paraissent avoir une certaine

éducation, toute relative, les autres sont
d'affreux bonshommes, vraiment trop fa-
ciles à juger au premier coup d'œil.

— Qu'importe! fit-elle. Et puis l'on prend
ce qu'on a. Tout le monde ne peut avoir des
manières de faubourg Germain.

— Evidemment, rétorqua Maurice, mais
ils pourraient ne point se vêtir de haillons,
avoir l'air d'honnêtes ouvriers, si possible.
Ils exciteraient moins les soupçons.

— Parbleu, mais des vêtements, du linge?

— On en trouvera... on en prendra.

Et il déclara à sa maîtresse qu'il savait
déjà l'endroit où munir la troupe de linge
blanc pour toute une année, insistant sur
les avantages qu'il y aurait à faire le coup
immédiatement, la patronne étant aux trois
quarts toquée et facile à éloigner de sa boutique qu'on pillerait ensuite à loisir. C'était
d'ailleurs, pour les hommes de la bande,
une façon de se refaire la main après le
chômage forcé qu'ils venaient de subir.

La Goulue adopta le projet d'emblée.

— C'est moi, déclara-t-elle spontanément,
qui me charge de la bonne femme. Je
l'emberlificote avec de bonnes paroles et tu
diriges le reste de la manœuvre. Entendu.

Maurice n'avait pas espéré un si prompt
et si heureux résultat pour une première
tentative. Il n'insista pas, pensant avec rai-

son que la Goulue lui en reparlerait la première.

C'est ce qui arriva.

Troisjours après, la maîtresse de Bras-de-
Fer vint d'elle-même au devant de ses dé-
sirs :

— Eh bien ! et ce linge, ces effets ?

— Les effets, ce sera plus difficile, répondit Maurice, je cherche un tailleur ; mais le
linge, quand tu voudras.

— Ce soir même, opina-t-elle, il ne faut
pas laisser les hommes dans l'oisiveté. Ils
dépensent et ne gagnent rien. S'ils n'ont
plus le sou, ça fait pour la police des *indi-
cateurs* tout trouvés. Et alors...

— Tu as raison, fit Maurice, atterré à
l'idée que l'un de ces hommes le tenait à sa
merci et qu'un mot de cet homme-là pouvait le perdre. Tu as raison, il faut agir sans
retard.

Et la résolution, sitôt prise, fut exécutée.

Le lendemain du jour où il avait été
choisi pour chef, Bras-de-Fer (à qui nous
donnerons quelquefois ce nom) avait eu
une longue conférence avec ses deux prin-
cipaux acolytes, Prévôt et Charlot.

Il avait été décidé que la bande serait di-
visée en deux escouades et que chacun
prendrait le commandement d'une escouade. Charlot, déterminé, se chargeait de
la colonne d'attaque. Le *Nourrisseur*, plus

prudent, dirigerait la réserve. Dès qu'un coup serait décidé, ils recevraient par dépêche chiffrée les ordres du chef qui ne se montrerait que dans les grandes occasions et, le reste du temps, se tiendrait dans la coulisse, étant, lui, le cerveau qui pense, eux, les bras qui agissent.

Voici, à titre de curiosité, quelle avait été la clef adoptée pour la traduction des dépêches.

Les voyelles seraient représentées par les signes usités en arithmétique. A s'écrirait *plus*, +; E s'orthographierait *moins* —; I serait représenté par le signe de la multiplication, ×; O par celui de la division, :; U par celui de l'égalité, =; enfin l'Y étant peu usité serait remplacé par un I. Les consonnes seraient celles de l'alphabet.

Cette clef eût été facile à saisir si les mots avaient été écrits en suivant l'ordre normal des lettres. Il avait donc été convenu que l'on écrirait sur deux lignes et qu'il faudrait lire les deux lignes à la fois, en prenant alternativement une lettre sur la ligne supérieure et une lettre sur la ligne inférieure. Par exemple la phrase : *La Goulue aime Bras-de-Fer*, devait s'écrire ainsi :

L G = = + M B + D F R
+ : L — × — R S — —

Il eût fallu être sorcier pour déchiffrer

cet hiéroglyphe si l'on n'était dans le secret.

Deux jours après l'entrevue du chef et des deux lieutenants, ceux-ci recevaient dans l'après-midi l'ordre suivant :

$$R \; N — V = C \; S \times + C \; R — : R — G \; B \; L \; N$$
$$— D \; Z : S — : R = + R \; F = D \; S : — \times S$$

Ce qu'ils traduisirent ainsi :

Rendez-vous ce soir au carrefour des Gobelins.

Le *Nourrisseur* à qui avait été adressé l'ordre à l'hôtel Tapezy, en communiqua la teneur à Charlot qui se contenta de murmurer :

— C'est bien On y sera.

CHAPITRE V

LE FLAIR DE M. BRÈCHE

Pénétrons, le lendemain du jour où Charlot avait reçu la mission que l'on vient de lire, dans les bureaux de M. Brèche, commissaire de police, rue Rataud.

Un homme vient d'être amené dans la première pièce du commissariat.

A sa tenue fripée et salie, on voit qu'il a passé la nuit au poste. Sa tenue est celle d'un ouvrier aisé.

Les deux agents qui l'ont amené, le guettent de l'œil et ne perdent pas un de ses mouvements. Ce doit être une capture importante.

Une voix se fit bientôt entendre dans le bureau voisin, c'était celle du secrétaire.

— Introduisez l'inculpé.

Les agents obéirent et poussèrent l'homme devant eux.

Le commissaire était là, fumant son cigare derrière une table couverte de papiers.

— Asseyez-vous, fit-il d'un ton bref.

L'inculpé prit une chaise et s'assit en face du magistrat, séparé de lui par la table.

— Je passe, dit ce dernier, sur les formalités. Vous avez donné cette nuit au brigadier du poste votre état civil ou celui que vous prétendez avoir. Avez-vous à y revenir ? Si vous n'avez pas dit la vérité, il en est encore temps.

— J'ai dit la vérité, je n'ai rien à changer à mes déclarations.

— Fort bien, dit le commissaire à son secrétaire, qui se tenait prêt à noter demandes et réponses. Copiez sur le rapport du brigadier les nom, prénoms, adresse, etc.

Celui-ci obéit.

— Vous êtes inculpé, dit M. Brèche, revenant à ses moutons, de complicité dans un vol avec effraction qui a eu lieu cette nuit rue des Feuillantines dans une blanchisserie. Qu'avez-vous à répondre ?

— Je suis absolument innocent et je ne sais pourquoi l'on m'accuse, fit l'autre.

— Pourtant les agents qui vous ont arrêté prétendent que vous rôdiez depuis longtemps à cet endroit.

— J'attendais l'omnibus des Halles, monsieur.

Le commissaire eut un sourire railleur.

— Vous deviez pourtant savoir que l'omnibus ne passe pas à ces heures-là. Il était une heure du matin.

— J'ignorais qu'il fût si tard.

— Admettons, mais pourquoi vous trouviez-vous précisément devant la boutique qui a été dévalisée ?

— Je m'étais approché, par curiosité, voyant que la porte était ouverte sans qu'il y eût de lumière à l'intérieur.

— Avouez plutôt que vous faisiez le guet pour les *caroubleurs* (1).

Celui qu'on interrogeait eut un geste de dénégation indignée.

— Oh ! monsieur, fit-il.

— Pourquoi avez-vous refusé au poste de répondre à toutes les questions qui vous ont été posées?

— Parce que ceux qui m'interrogeaient n'avaient pas qualité pour le faire. J'ai préféré risquer de coucher au poste afin de m'expliquer devant vous, monsieur le commissaire qui êtes un magistrat et dont la justice ne connaît ni parti-pris ni rancune.

On n'attrape pas les mouches avec du vinaigre.

A cette flatterie grossière le commissaire se laissa prendre. Il se rengorgea dans son faux-col d'un air satisfait.

— Je suis forcé de constater que votre conduite envers les agents a été des plus correctes. Vous vous êtes laissé conduire au poste sans résistance ..

— Imbécile, ils étaient neuf agents, murmura à part lui l'inculpé, sans cela...

(1) Voleurs avec effraction.

— Que dites-vous ? demanda le commissaire.

— Je dis que, fort de ma conscience, et confiant dans votre équité, je n'avais pas de motif pour me mettre dans un mauvais cas.

Le commissaire huma encore cet encens. Son air devint plus aimable.

— Somme toute, fit-il, se tournant vers son secrétaire, je ne vois pas là dedans de quoi fouetter un chat. Qu'en pensez-vous, monsieur Magniez ?...

— C'est aussi mon opinion, approuva le secrétaire qui était quand même de l'avis de son chef.

— Je ne crois même pas qu'il soit nécessaire de garder plus longtemps cet homme ici. Ce n'est pas une raison parce que les agents ont eu la maladresse de laisser s'accomplir ce vol sans en arrêter les auteurs pour qu'un innocent paye les pots cassés.

Maurice — car c'était lui que le commissaire interrogeait — eut un imperceptible sourire qui voulait dire : Cela va bien.

Il connaissait à fond la nature humaine. Son métier d'avocat en avait fait un observateur plein de tact.

Son procédé de flatterie avait réussi.

M. Brèche conclut :

— Eh bien ! je me contenterai de prendre votre adresse. Cela suffira, je crois.

— Je vous remercie, monsieur le commissaire, et je n'attendais pas moins de votre intégrité.

— Il s'exprime décidément trop bien
pour un malfaiteur, pensa le commissaire
de plus en plus flatté.

Il termina son interrogatoire par où il
aurait dû commencer.

— Vous vous appelez Jean Gouron ? fit-il,
jetant les yeux sur le rapport du brigadier.

— C'est mon nom, monsieur le commissaire, répondit Maurice en s'inclinant.

— Quelle est votre profession ?

— Ouvrier typographe... ancien maître
imprimeur... Vous avez en votre possession
les papiers qui prouvent mon identité.

— Connaissez-vous des imprimeurs de
Paris desquels vous pourriez vous réclamer ?

— Aucun, malheureusement, répondit
Maurice, je suis de Bourges, je n'ai pu encore trouver à m'embaucher nulle part,
depuis deux mois que je suis à Paris et j'y
mange quelques économies que j'avais faites en province.

— Où avez-vous passé la soirée ?

Maurice affecta un léger embarras.

— Je suis garçon... fit-il, et...

— Vous vous êtes amusé au quartier Latin ?

— Mon Dieu, oui...

— Ces provinciaux ! fit en souriant le commissaire.

Le magistrat réfléchit un instant.

— Ecoutez, dit-il, je vais vous garder ici... Vous déjeunerez dans une pièce voisine... Vous n'êtes pas précisément prisonnier; mais enfin vous voudrez bien patienter quelques heures. S'il y a eu méprise, et je le crois, vous serez relâché. Ce sera pour vous une petite leçon.

— Je ne sais comment vous remercier, monsieur le commissaire ; mais puis-je savoir ce qui me vaut cette attente ?

— Très volontiers; nous allons faire télégraphier à Bourges. Le maire pourra donner immédiatement des renseignements.

Ce fut un coup terrible pour le detenu. Déjà il s'était cru sauvé. Il n'avait pas prévu cela et se décontenança.

Heureusement pour lui, le commissaire se méprit sur la signification de son trouble. Il lui dit aussitôt :

— Vous craignez peut-être pour votre réputation, si l'on apprend dans votre ville natale que vous avez eu maille à partir avec la justice.

— En effet, monsieur, s'empressa de répondre le faux Jean Gouron.

Le commissaire le rassura.

— On procédera avec discrétion. Soyez-en sûr..... On dira qu'il vous est arrivé un accident.

Maurice n'insista pas.

Le commissaire appuya sur un timbre.

Un agent parut.

— Montrez à monsieur où il peut se mettre pour attendre..... allez !

Le prisonnier s'inclina devant le commissaire et se laissa conduire dans une salle attenante au bureau du commissariat.

Sans affectation, il examina soigneusement la place, aucune issue ne lui apparut. Tout espoir de fuir était illusoire. Les fenêtres étaient grillagées, et, en outre, un employé travaillait, assis devant un pupitre.

Maurice eut un geste désesperé, cependant il se contint.

Il n'avait rien de mieux à faire qu'à attendre.

Il se résigna à son sort et s'assit, regardant avec anxiété tourner les aiguilles d'un coucou.

Il avait de l'argent, on lui apporta à déjeuner ; il mangea lentement.

Le temps se passait sans rien amener de nouveau.

Il tremblait intérieurement.

Son repas était terminé depuis longtemps. Le misérable attendait. Il eut une alerte.

Le commissaire de police, qui était parti vers dix heures, rentra vers onze heures et demie. Il passa devant la pièce où était Maurice.

— La réponse ne va plus tarder, fit-il.

L'assassin rongeait son frein sans mot dire. Il éprouvait d'involontaires tressaillements, chaque fois qu'il entendait ouvrir ou refermer la porte du commissariat. C'était un supplice intolérable.

Enfin la dépêche de Bourges arriva. Maurice fut appelé de nouveau dans le cabinet du commissaire de police.

Sa vie était en jeu. De cette dépêche dépendait pour lui la liberté ou l'échafaud. Car il était bien improbable que, s'il restait entre les mains de la justice, on ne finît pas par découvrir un jour ou l'autre le secret de son identité.

Le commissaire était debout, il lisait le télégramme que la Préfecture venait de lui transmettre.

— Vous êtes libre provisoirement, monsieur, dit-il à Maurice, et même, je l'espère, définitivement.

Le premier mouvement de celui-ci fut de quitter aussitôt le commissariat.

Il se contint, et saluant le magistrat :

— Monsieur le commissaire, dit-il, payant d'audace, quelque pénible qu'ait été pour moi cette courte prévention, je vous remercie de tout cœur de l'équité que vous avez eue à mon égard.

Le commissaire salua le bandit.

— Quel charmant homme! dit-il à son secrétaire. On voit bien que ce n'est pas un ouvrier ordinaire et qu'il a été patron. Qu'en dites-vous, Magniez?

— C'est un homme charmant, fit le secrétaire en écho.

— C'est qu'on ne me trompe pas, moi, fit le commissaire : l'expérience et, je l'avoue, une certaine intelligence du métier que vous voudrez bien me reconnaître...

— Et que tout le monde reconnaît, monsieur le commissaire.

— N'est-ce pas?... Eh bien, tout cela réuni fait que je n'ai qu'à regarder un individu dans l'œil, et je dis immédiatement : Ça, c'est un *cambrioleur* (1)... Ça c'est...

Un tumulte violent de chaises renversées, la porte d'entrée qui claqua violemment et le bruit d'une lutte dans la première pièce, vinrent couper la parole à M. Brèche, tandis qu'il faisait la roue devant son secrétaire.

— Hein! qu'est-ce? fit-il en sortant à demi de la poche de son pantalon la crosse du revolver qui ne le quittait jamais.

Toujours prudent, il ajouta :

— Magniez, courez voir; mais courez donc!

(1) Genre de voleurs qui dévalisent les chambres de domestiques.

cria-t-il, voyant que son secrétaire ne se pressait guère.

On entendait maintenant des vociférations et des cris dans la rue :

— Au voleur ! à l'assassin !

— A l'assassin, répéta le magistrat ahuri. Magniez ! fermez la porte du bureau !

Cette fois, le secrétaire obéit avec un empressement au-dessus de tout éloge.

CHAPITRE VI

L'ARRESTATION

Voici ce qui se passait :

Au moment où Maurice, remis en liberté, se faisait rendre par les scribes-inspecteurs les objets qui lui avaient été saisis lors de son arrivée au poste de police, la porte d'entrée, de plain-pied avec le trottoir, s'était ouverte pour livrer passage à deux jeunes gens.

L'un d'eux était Raoul. L'autre Oscar Cendrinettes, le reporter de *la France*.

Raoul venait de la part de sa fiancée porter au commissaire la liste des pièces de lingerie dérobées dans la nuit à la blanchisserie, les marques qu'elles portaient, afin de mettre la police sur la piste des auteurs du vol.

Cendrinettes venait demander au bureau même du commissaire désormais chargé de l'affaire, des renseignements plus précis que ceux fournis à la Préfecture

Ils s'étaient rencontrés fortuitement, au coin de la rue.

Raoul, certes, ne se doutait pas que le vol qui avait été commis rue des Feuillantines avait eu pour mobile, dans le cerveau de celui qui en avait conçu le projet, l'enlèvement de madame Graindor. Il ne voyait là qu'une coïncidence. Encore moins soupçonnait-il que Maurice, qu'il n'avait fait qu'entrevoir et de l'existence duquel il commençait presque à douter, tant la chose était invraisemblable, fût mêlé en quoi que ce fût à cette affaire qu'il attribuait à de vulgaires rôdeurs de la barrière d'Italie.

Dans tous les cas il eût été à cent lieues de s'imaginer qu'il allait rencontrer son ancien ami, devenu son ennemi, précisément dans le bureau d'un commissaire de police.

Il allait pénétrer dans le bureau de M. Brèche, quand tout à coup Oscar eut une exclamation de surprise :

— Vois donc ! fit-il en lui touchant le coude et en lui désignant Maurice qui tournait presque le dos, occupé à vérifier ce qu'on lui restituait, ne jurerait-on pas ?...

A ce moment Maurice se retournait.

Ce fut un double cri :

— Maurice !

— Monsieur de Trainey !

Le misérable se vit perdu et prit un parti de désespéré. Une sorte de frénésie s'empara de lui.

— Non, ils ne m'auront pas, hurla le bandit.

Et bousculant le jeune avocat et son compagnon, il fut à la rue en un clin d'œil, avant que les inspecteurs eussent compris ce que cela voulait dire,

Par un mouvement instinctif, il détourna la tête pour regarder derrière lui.

Raoul et Oscar le poursuivaient en criant:

— Au voleur! A l'assassin!... Arrêtez-le...

La rue s'animait; on descendait précipitamment des maisons. Les cris redoublaient. Plusieurs personnes se joigniront aux jeunes gens.

Et la chasse à l'homme commença dans les ruelles noires et sinistres de ce vieux quartier de la capitale.

— Arrêtez-le! Arrêtez-le!...

Le monstre, retenant sa respiration, courait... courait toujours... Et derrière lui, devant lui, de toutes parts, des hommes se dressaient sur son passage, semblant surgir du sol pour arrêter le criminel...

A ce moment terrible, où sa vie dépendait de la vitesse de ses jarrets, le misérable, mû par une puissance prodigieuse, surnaturelle, allait comme le vent, renversant et rejetant tout ce qui s'opposait à sa course forcenée.

— A l'assassin!... Au secours!...

— Où est l'assassin?... Arrêtez-le! criait-on en courant dans la direction qu'il avait prise.

La poursuite se continuait, dans les ruelles qui avoisinent le Panthéon. Le fugitif semblait avoir des ailes.

Il s'échappait avec une vitesse prodigieuse, évitant tous les obstacles...

Mais, sur son passage, il rencontrait des agents, des passants qui se lançaient après lui. Il s'épuisait et ses jambes commençaient à faiblir. Les bonds énormes qui lui donnaient rapidement de l'avance, menaçaient de le renverser au moindre faux pas.

Enfin, au détour d'une rue, il fut assailli par plusieurs hommes. Il fit un suprême effort et parvint à distancer ceux qui allaient l'atteindre, mais ses forces l'abandonnaient. Il eut recours à sa dernière ressource. Tirant de sa poche son pistolet qu'on lui avait rendu au commissariat, il se retourna et fit feu des deux coups sur ceux qui le poursuivaient.

Une panique se produisit et le désarroi le plus complet régna un moment. On fit volte-face, on se coucha par terre, on se jeta contre les murailles...

C'était suffisant pour permettre à Maurice de gagner du terrain. Il prit une rue à droite et la traversa comme un ouragan. Un homme qui se jetait devant lui pour le saisir fut renversé sur la chaussée, assommé par le choc.

— Arrêtez-le !... entendait-on dans le lointain.

Le bandit était arrivé sur la place Maubert.

Il hésita sur la voie qu'il allait prendre.

Ce fut ce qui le perdit. Les gens qui le poursuivaient apparurent soudain, le désignant et redoublant leurs clameurs.

Avant même qu'ils ne fussent sur lui, il était déjà saisi par des passants. Il se débattit en vain. Sa force tout herculéenne qu'elle fut ne pouvait venir à bout de vingt individus au moins qui l'assaillaient, se pendant après lui, formant grappe. En moins d'une minute plus de mille personnes étaient rassemblées.

Les agents arrivèrent pour dissiper cet attroupement. On remit l'assassin entre leurs mains.

A ce moment Oscar et Raoul accouraient hors d'haleine.

Le jeune avocat fit conduire le meurtrier au bureau de M. Brèche.

— Je vous ramène, lui dit-il, M. Maurice de Traincy, l'assassin d'Auguste Belon.

— Allons donc, fit le magistrat incrédule. Il s'appelle Jean Gouron, c'est un homme très bien.

— Je maintiens mes affirmations, déclara

énergiquement Raoul, et j'en prends toute
la responsabilité.

Le commissaire n'en revenait pas.

Néanmoins il conserva Maurice à sa disposition et demanda des ordres à la Préfecture.

On lui télégraphia, devant cette accusation si nette, de maintenir l'arrestation.

— J'en suis stupéfait, déclara-t il à son
secrétaire qui se retint.pour ne pas rire, et
pourtant, tenez, maintenant que j'y réfléchis, la physionomie de cet homme ne me
disait rien de bon.

CHAPITRE VII

Il nous faut expliquer cependant pourquoi le plan machiavélique du faux Jean Gouron n'avait pas réussi ; pourquoi madame Graindor dont il comptait faire l'instrument inconscient de sa vengeance contre la jolie blanchisseuse et son fiancé, n'était pas tombée entre les mains des bandits.

Maurice en effet, lorsqu'il s'était trouvé au rendez-vous fixé par lui au *Nourrisseur* et à Charlot ne leur avait, à dessein, dévoilé qu'une partie de ses intentions.

Pour eux l'enlèvement de la mère adoptive de Rosette ne devait pas être le point capital ni le but avoué de l'expédition. Ils devaient à tout prix l'ignorer.

— Vous trouverez probablement dans la boutique, leur avait-il dit, une femme d'une quarantaine d'années. Cette femme est folle, d'après mes renseignements. Il importe de l'attirer au dehors sous le prétexte qu'une de ses clientes la fait demander immédiatement. Une fois que vous la tenez, vous me l'amenez. J'attendrai avec la Goulue au coin

de la rue voisine dans un fiacre, à minui!,
vous comprenez?...

— Entendu, patron, fit Charlot.

— Compris, répéta le *Nourrisseur*.

— Nous sommes censé les clients en question ... La Goulue prétend qu'elle a du linge
à lui confier sur l'heure pour cause de dé-
part. Nous la balladons dans Paris tout le
temps nécessaire pour que vous fassiez le
coup, puis nous descendons et nous la plan-
tons là en ordonnant au cocher de là rem-
mener où il nous a pris. Et voilà. Quand elle
revient, tout a disparu... son linge surtout.
Ni vu ni connu...

— Parfait! approuvèrent les deux hommes, c'est entendu.

Et les trois misérables s'étaient séparés
là-dessus, Maurice se disant à part lui :

— Une fois que je la tiens, du   diable si
je la lâche...

Or voici ce qui était arrivé.

Tout n'est qu'heur et malheur, et le hasard, que Murger appelait « l'homme d'affaires du bon Dieu », devait se charger de
renverser tout ce bel échafaudage de com-
binaisons.

Les bandits étaient réunis depuis un
quart d'heure dans un caboulot borgne du
boulevard Saint-Marcel, attendant le moment d'opérer. Il était au plus neuf heures
et demie, quand le *Nourrisseur* qui faisait le

guet rue des Feuillantines, en face de la
blanchisserie, revint subitement trouver ses
camarades.

Il s'approcha de Charlot et lui dit à mi-
voix :

— Inutile d'attendre qu'il soit minuit. Je
réfléchissais qu'il allait être difficile d'em-
porter tous ces ballots à minuit sans risquer
de se faire pincer par la *rouscaille*, quand
je vois la bonne femme en question qui sort
de sa boutique, ferme la porte et s'en va.
Bon, qu'est-ce que je fais?...

— Tu la suis.

— Naturellement. Elle entre dans une
maison de l'avenue des Gobelins. J'attends,
cinq, dix minutes, elle ne sort pas.

— Eh bien?

— Eh bien! je dis que, dans ce cas, y a
pas besoin d'attendre le patron et la patronne; agissons tout seuls; ça leur fera l'é-
conomie d'un fiacre, et risquons bien moins
d'être dérangés par les sergots, surtout si
nous avons la précaution d'allumer la lampe
au dedans pour que les passants ne se mé-
fient de rien Et quand la Goulue arrivera
avec Bras-de-Fer, le tour sera joué.

— Mais si la bonne femme revient pendant ce temps? hasarda Charlot.

— Pas de danger. Du reste, pour plus de
sûreté, je reste en faction devant la porte
de la maison, avenue des Gobelins. Si elle

sort, je cours vous prévenir et, quand elle arrive, plus personne.

— Approuvé! fit Charles désarmé.

— Alors faisons vite et faisons bien. Nous avons une voiture à bras qui attend rue Pascal. Casse-Gueule portera les paquets dedans tous en bloc.

Et surtout n'oublie pas de vérifier s'il y a quelque chose dans le tiroir du comptoir.

— Sois tranquille.

Ce qui fut dit fut fait, et voilà comment Maurice, après avoir vainement attendu dans son fiacre qu'on lui amenât madame Graindor, s'était décidé à se rapprocher de la blanchisserie pour savoir la cause de ce retard.

Il avait trouvé la porte de la boutique ouverte et, comme il se penchait pour en examiner l'intérieur, il s'était vu mettre la main au collet par une escouade d'agents de la sûreté qu'avaient intrigués ses allures quelque peu louches.

Le lecteur sait le reste.

Le lendemain soir, vers sept heures, les bandits attendaient le chef dont ils ignoraient encore l'arrestation, au premier étage de l'hôtel Tapezy, quand la Goulue entra brusquement.

Elle avait le sourcil froncé, l'œil mauvais.

— Est-ce qu'il y a quelque chose, pa-

tronne? interrogea le *Nourrisseur*, d'un air
aimable.

— Il y a, tas d'abrutis, que le chef est
arrêté de cette nuit, et par votre faute.
Pourquoi n'avoir pas attendu l'heure ?

Charlot voulut s'excuser :

— C'est Prévôt, fit-il, qui...

— C'est tout le monde, interrompit la
Goulue avec colère. Et maintenant qu'allez-
vous faire ?

Les misérables se regardaient sans mot
dire, atterrés de la nouvelle.

— Voilà maintenant, vous ne savez plus
que dire. Eh bien ! je dis, moi, qu'il faut
délivrer Bras-de-Fer.

— Mais comment?

— Je vais vous le dire. Comme il est très
surveillé, je ne sais pourquoi, il ne quit-
tera pas le poste dans le panier à salade.
C'est dans un fiacre qu'on le conduira au
Dépôt. Je tiens tous ces détails du commissaire lui-même, un imbécile que j'ai fait
jaser sans qu'il se doute à qui il parlait.
Car je suis allée au commissariat sitôt que
j'ai su l'arrestation de Bras-de-Fer par les
journaux.

— Quelle femme! murmura Charlot avec
admiration.

— Eh bien ! avez-vous saisi ?...

— Ma foi, non, avoua Casse-Gueule qui
n'avait pas l'intelligence très prompte.

— C'est pourtant bien simple. Le fiacre
va prendre des rues désertes, la rue Lho-
mond, la rue d'Ulm, des rues où il ne passe
pas un chat. Il faut enlever le fiacre d'as-
saut.

— Mais, hasarda Prévôt le *Nourrisseur*, il
y aura des agents...

— Quatre en tout... qu'est-ce que ces quatre hommes pour nous? Aimez-vous mieux
laisser le chef dedans?

— Non pas, mais enfin...

— Il n'y a pas de « mais enfin ». J'ai décidé qu'il en serait ainsi, et cela sera.

Tous baissèrent la tête, n'osant résister.

A ce moment, la mère Tapezy monta
tout effarée.

Elle s'approcha du *Nourrisseur* et lui dit
quelques mots.

— Diable! fit celui-ci.

— Qu'est-ce encore? demanda la Goulue.

— Un mouchard est en bas, dit le *Nourrisseur*, dans la rue, la Tapezy l'a vu parler
à un agent en uniforme qui se dirige en
toute hâte vers le commissariat voisin.

— Nous allons être bloqués dans ce trou,
fit un des bandits. Tirons-nous des pattes,
et vivement.

— En voilà des gêneurs, ces rouscaillons,
dit un autre.

— Mais est-ce bien un *raille*, l'homme

en question? demanda la Goulue à la maîtresse du *Nourrisseur*.

— Dam, je l'ai vu arrêter votre camarade
Gros-Bœuf en personne.

— Oh! oh! c'est sérieux, alors, dit à son
tour Casse-Gueule, déguerpissons.

— Minute, fit la Goulue avec autorité, le
chef n'est pas là, c'est moi qui commande.
Le mouchard d'en bas est gênant.

— J'te crois, ma fille, appuya Charlot.

— Il faut nous en débarrasser tout de
suite, continua la Goulue. Ecoute, Casse-
Gueule.

— Présent, patronne, riposta le geant.

La Goulue fit signe à tous les malfaiteurs
de la suivre.

Elle les conduisit vers la fenêtre donnant
sur le dehors.

Ils étaient cachés par un volet fermé her-
métiquement.

Ils pouvaient voir sans être vus.

— Regarde, dit la Goulue à Casse-Gueule.

— Je vois le bonhomme, répondit le colosse en faisant un geste menaçant.

— Tu vas sortir de la maison d'un air indifférent.

— Très bien. Et puis après?

— Tu passeras à côté de ce particulier-là.
Regarde-le bien.

— C'est tout vu, y aura pas d'erreur.

— Tu le prendras à la gorge et tu l'étrangleras. C'est facile, il ne passe personne.

— Compris. En avant ! ça me va.

— Nous descendrons derrière toi. Il s'agit de montrer que tu n'as pas volé ton nom.

Casse-Gueule fit de point en point ce qui lui avait été commandé.

Il affecta d'être en état d'ivresse et s'en alla de droite et de gauche près de l'homme embusqué devant l'hôtel sans exciter sa défiance.

Puis, tout à coup, il s'abattit sur le mouchard, qu'il étouffa dans ses puissantes mains.

Il le laissa pour mort et rejoignit ses compagnons qui sortaient en groupe de l'établissement de la mère Tapezy.

Le mouchard restait étendu par terre sans mouvement. Quand il s'était senti empoigner, il avait eu la présence d'esprit de se laisser tomber aussitôt.

De la sorte, il avait échappé à Casse-Gueule qui, croyant l'avoir tué, ne s'était pas acharné après lui.

Il avait seulement perdu connaissance.

Quelques minutes après, il reprenait ses sens et se relevait péniblement.

— En voilà une fichue journée, fit-il avec un geste de dépit. Ce matin je laisse échapper les voleurs de linge de la rue des Feuillantines, ce soir je crois les avoir retrouvés,

je les file. je vais les pincer... J'envoie chercher une kyrielle d'agents pour me prêter
main-forte. Et patatras... Tiens, voilà mes
hommes.

L'agent se dissimula le mieux qu'il put.

— Que diable, si je me fais connaître, fit
le policier; ce serait trop bête. J'ai montré
ma carte au sergot, mais il n'a pas vu mon
nom... C'est pas la peine de passer pour un
Nicodème.

Il suivit des yeux un groupe de gardiens
de la paix, conduits par un brigadier, qui
se dirigeaient vers l'hôtel.

— Ils vont faire un beau four, poursuivit
l'agent. Quant à moi, je regagne la rue Rataud. Qu'ils se débrouillent.

L'escouade d'agents restait en arrêt devant la maison.

Le mouchard entendit le brigadier qui
admonestait avec fureur un de ses hommes.

— Vous voyez bien qu'on s'est moqué de
vous, imbécile ! Où est-il votre inspecteur
de la sûreté ? Où est-il, je vous le demande ?
Espèce d'empaillé, qui nous fait aller
comme des idiots. Nom de Dieu !

L'agent s'esquiva rapidement.

Pendant ce temps la Goulue, suivie de ses
hommes, se dirigeait vers le Panthéon.

En route elle leur expliqua son plan de
bataille et distribua son rôle à chacun.

Une partie des bandits devait occuper le

bout de la rue Rataud, accessible aux voitures, l'autre étant fermée d'une carrière.

Le reste de la troupe se tiendrait disséminé rue des Feuillantines, prêt à marcher au premier signal.

Ils virent arriver le fiacre qui devait transporter le chef au Dépôt.

Comme l'avait annoncé la Goulue, quatre agents seulement escortaient le prévenu, trois dans la voiture, un sur le siège près du cocher.

Mais ils étaient armés jusqu'aux dents.

La voiture au rebours de ce qui était prévu, prit par la rue Gay-Lussac.

Les bandits hésitaient, mais la Goulue ne leur laissa pas le temps de reculer.

Profitant d'un instant où il ne passait personne, elle sauta elle-même à la bride du cheval, tandis que Casse-Gueule se précipitait sur le cocher.

Mais c'était pure folie que cette tentative.

Les agents avaient l'ordre formel de se servir de leurs armes à la moindre alerte, ils baissèrent les glaces et firent feu dans le tas.

Les bandits qui ne s'attendaient pas à une aussi prompte riposte, s'enfuirent épouvantés.

Ils laissaient trois des leurs mortellement blessés sur la place.

C'était la Goulue, Charlot et le géant.

Le bruit des détonations avait attiré les agents, et, pendant que l'on ramassait les blessés, la voiture continua sa route au pas, escortée de gardiens de la paix.

C'est dans cet équipage que Maurice arriva à la préfecture.

L'instruction se fit rapidement. Deux mois après, le redoutable bandit était condamné par le jury à la peine capitale. Il fut condamné sous son nom de guerre et comme chef de la Bande Noire.

CHAPITRE VIII

LA FIN D'UN MONSTRE

Le bruit de l'exécution de Bras-de-Fer, l'assassin de la rue Mouffetard, le chef de la Bande Noire, avait rapidement traversé Paris. Ces bruits-là transpirent toujours.

A onze heures du soir la place de la Roquette commençait à se remplir de monde.

On regardait, échangeant des propos à voix basse, les cinq dalles de pierre sur lesquelles allait s'appuyer la guillotine.

Un certain nombre de curieux, accoutumés sans doute au spectacle qui allait se dérouler, stationnaient près de là, rue de la Folie-Regnault, devant un hangar où se remise l'instrument de supplice.

A minuit il y eut un mouvement de curiosité.

Un fourgon arrivait au grand trot. On allait y charger les morceaux de la hideuse machine.

Décidément, c'était pour aujourd'hui.

L'aspect de la place était sinistre.

On apporta les bois de justice.

Des charpentiers dressèrent la guillotine devant l'entrée du Dépôt des condamnés.

A la lueur des rares becs de gaz, les murs des deux Roquettes se dessinaient lugubrement.

Les ouvriers travaillaient en silence à leur besogne. On eût dit des ombres s'agitant.

Toutes les pièces de l'échafaud s'adaptaient au moyen de boulons, mais, cependant, de temps à autre, on entendait résonner des coups de marteau sourds...

Alors, il courait un frisson parmi la foule qui avançait sans cesse. Des agents de police la refoulaient sur les trottoirs.

On s'écrasait littéralement.

Vers trois heures du matin, l'échafaud était terminé et ses montants se dressaient vers le ciel gris comme deux bras décharnés.

Un détachement de gardes municipaux à pied et à cheval arriva sur ces entrefaites.

Déjà un grand nombre de gardiens de la paix faisaient la haie et bousculaient les curieux.

En ce moment, un homme en chapeau à haute forme et vêtu de noir, s'approcha de la guillotine.

Jusque-là il était resté assis près de la porte de la prison.

Une rumeur se produisit.

Ce personnage indifférent et muet, c'était le bourreau.

Il regarda un moment l'epouvantable machine qui se détachait en rouge foncé dans l'ombre livide de la nuit.

Le vent soufflait avec rage.

Le gaz dansait follement dans les lanternes.

Par moments, lorsque l'atmosphère reprenait son calme, les lumières éclairaient crûment l'échafaud.

L'exécuteur monta sur la plate-forme de la guillotine.

Les charpentiers s'étaient rangés de côté.

Le bourreau, assisté de ses aides, vérifia les pièces principales de l'ignoble instrument de supplice.

Il fit jouer le glaive qui, supporté par deux hommes, glissa lentement dans les rainures.

— Vous faites la répétition, patron? fit une voix railleuse.

L'exécuteur des hautes œuvres se disposait à quitter la place.

Il se retourna.

Celui qui venait de lui faire cette question était un jeune homme à la physionomie intelligente et originale.

Il était blond et son visage était entouré d'un mince collier de barbe. Ses yeux clairs avaient une expression de bonhomie et de malice.

En cet instant, il souriait et sa bouche très large, légèrement entr'ouverte, lui donnait un air mi-sérieux, mi-narquois.

Il tenait de la main droite un lorgnon qu'il essayait de temps à autre, mais en vain, de camper sur son nez.

Le bourreau examinait son interlocuteur.

— Votre plaisanterie est d'excellent goût, fit-il en haussant les épaules.

Puis se ravisant :

— Etes-vous journaliste ?

— Un peu, père Coupe-Toujours.

Et Oscar Cendrinettes, car c'était lui, envoyé là par son journal, reprit avec un flegme admirable :

— Je n'abuserai pas de vos instants, mon cher monsieur, car vos occupations vous réclament.

En effet, l'heure de l'exécution approchait.

Les gendarmes à cheval qui venaient d'arriver se rangèrent en demi-cercle autour de l'échafaud.

L'aumônier traversa la foule.

Il entra dans la prison.

Le bourreau semblait être un spectateur indifférent et anodin.

On n'eût jamais imaginé qu'il devait jouer un rôle aussi important dans la sanglante tragédie qui se préparait.

Le chef du service de sûreté, accompagné d'un magistrat affriandé par ce répugnant spectacle, arriva sur ces entrefaites.

Le bourreau fut prié par le policier de donner des renseignements au personnage dont il s'était fait le cicerone.

Quelques journalistes et diverses personnes privilégiées qui avaient été admises auprès de l'échafaud, s'approchèrent avec curiosité.

L'exécuteur des hautes œuvres se prêta de bonne grâce à l'invitation du chef de la sûreté.

Il récita le programme de la scène où il allait figurer comme le *Deus ex machinâ* du théâtre antique.

Ses explications terminées, la demie de quatre heures sonna à l'horloge de la prison.

— Messieurs, vous m'excuserez, fit-il en se dirigeant vers la Grande-Roquette, mais l'heure est venue d'accomplir l'œuvre de la justice.

Le directeur de la prison attendait l'exécuteur des hautes œuvres qui lui serra la main cordialement.

— Prenez garde, cher monsieur, fit le directeur, ce mystérieux Bras-de-Fer qui n'a point voulu dire son vrai nom et qui a déjoué la police si longtemps, ce gredin n'est pas commode.

M. de Paris hocha la tête.

— Nous prendrons nos précautions, dit-il en remettant un papier au directeur de la Roquette.

Celui-ci lut l'ordre d'exécution, qui était ainsi libellé :

« L'exécuteur en chef des arrêts criminels de la cour de Paris extraira demain... de la maison du Dépôt des condamnés, le nommé Bras-de-Fer, ainsi déclaré et le conduira, à cinq heures précises du matin, au rond-point de la rue de la Roquette, où il lui fera subir la peine de mort prononcée contre lui par arrêt de la Cour d'assises, le...., pour assassinat. »

— Très bien, fit le directeur de la Roquette en serrant le papier dans son portefeuille ; l'homme vous appartient maintenant.

Ils s'enfoncèrent dans l'intérieur de la prison.

Au dehors, on entendait le piaffement des chevaux et la rumeur discordante de milliers de curieux.

Vingt minutes après, la porte se rouvrit. Il y eut un murmure dans la foule.

— Allons vite, les enfants, dit le bourreau.

En un clin d'œil, le condamné, se débattant, fut porté jusque sur la bascule de la guillotine.

L'aumônier courait le crucifix à la main.

Sur l'échafaud, tout mouvement cessa et le corps s'affaissa sur la bascule.

Un aide enleva prestement l'étoffe noire qui recouvrait le cou. Un autre se plaça à droite auprès du vaste panier rouge dont il repoussa le couvercle.

Un troisième alla se placer devant la lunette, prêt à retenir la tête du décapité.

Le bourreau appliqua violemment sa main sur le dos du patient, tandis que le dernier aide soulevait la bascule par en bas.

— Houp! allons-y.

La bascule fit un quart de cercle et roula vers le trou béant.

L'exécuteur baissa rapidement la partie supérieure de la lunette.

Un silence funèbre régnait sur la place.

Quelques cris de femmes retentirent, perdus bientôt dans une clameur immense.

M. de Paris avait tourné la poignée fatale.

Le mouton descendit comme une ombre noire sur la raie étincelante du tranchant.

Le coup sourd et rapide fit passer un tressaillement dans la foule.

L'aide, placé devant la guillotine, tenait par les cheveux la tête livide du supplicié.

Il la jeta dans le panier.

Le corps poussé dans la manne fut rapidement chargé sur un fourgon qui attendait.

Le fiacre de l'aumônier se mit en marche.

Deux gendarmes à cheval prirent la tête du convoi qui se dirigea vers le cimetière d'Ivry.

Deux autres gendarmes suivirent.

Les spectateurs s'écartèrent et le sinistre cortège prit le galop, s'évanouissant dans l'ombre matinale, comme une fuite de fantômes...

Sur la place de la Roquette, il ne resta bientôt plus de traces de l'affreuse scène...

On jeta des seaux d'eau.

Des ouvriers démolirent rapidement les bois de justice.

L'échafaud avait disparu quand le jour commença à poindre.

Il s'évanouit avec le matin comme un cauchemar qui s'envole...

Maurice de Traincy avait expié ses crimes.

Notre tâche est terminée.

Désormais rien ne s'opposera plus au bonheur des héros sympathiques de notre histoire. Raoul et la jolie blanchisseuse seront unis sitôt que le permettra la santé de madame Graindor qui va mieux de jour en jour.

Lorentin, le vieux sculpteur, conduira lui-même sa petite-fille à la mairie. Un des témoins de Raoul sera Oscar Cendrinettes.

Quant à Théodore Mercier, malheureuse victime de la justice, il a dû quitter Paris. L'ordonnance de non-lieu dont il a bénéficié n'a pas suffi pour l'acquitter aux yeux du monde. On l'a relâché, c'est vrai, mais il ne peut plus s'employer nulle part. Son patron lui-même a refusé de le reprendre.

Enfin ce dernier, Machinot, a été black-boulé aux élections municipales. Il n'a eu que deux voix, la sienne et celle de « cette rosse de Perret » dont nous avons entendu parler au début de cette histoire, qui avait vendu sa foi électorale pour un verre de mêlé-cassis.

TABLE

—

Paris. — Imp. N. Blanpain, 7 rue Jeanne.
Le gérant : A. Soirat.

Imprimé par N. BLANPAIN

le 27 janvier 1887.